木部十二劃

陳大為

歲月（自序）

原鄉，是一個在現實中越來越萎縮越來越模糊，卻在記憶中越來越富饒越來越清晰的地理圖象。表面上，是歲月和空間的距離決定了它的質感；暗地裡，書寫者對土地的感受和意圖，才真正決定了它的深度，和規模。原鄉的書寫者，不一定有什麼樣強烈或具體的鄉愁，令人不能自拔的因素，很多事物只是在日常言談裡，偶然浮現，成為幾個亮麗的句子，或一段意外回甘的舊事。在某些作家手裡，說不定原鄉書寫只是一種純粹的寫作策略，但總是有評論家喜歡在原鄉敘事中誤讀出二元對立的姿態，並由此推斷出作家對異鄉的疏離。馬華旅台作家群當中，有這樣的例子。

曾經有人問我：為何寫了這麼多南洋和怡保的故事，台灣呢？台北呢？究竟在我的生命歷程中後者有多少的份量？我一貫的答覆是：十九年的怡保歲月在前，二十餘年的台北／中壢歲月在後，所以我選擇先完成怡保老家的寫作，接下來才正式輪到台灣（雖然我也零星寫過幾篇台灣生活的散文和詩）。居住時間的先後決定了書寫的順序，合情也合理。

南洋是一個龐大、湮遠的華人移民史，所有壯烈或迷人的章節，都跟我沒有直接的關係，我頂多是個遲到的說書人。怡保卻是真實的存在，是我全部家國情感的根據地，馬來西亞比較是一個名詞，或者較方便定位自己的國籍身分。國籍是很重要的。我為了堅持馬來西亞國籍，自然在台灣喪失某些機會和利益，也會有些不便。可是呢，現實生活中的馬來西亞籍，卻讓我跟台灣人在接觸往來之間，產生許多樂趣。極大部分跟我閒聊的台灣人，不出五分鐘，就會設法找個縫隙，沿著我的廣式國語展開一連串的猜謎遊戲，從香港到新加坡，最後才追蹤到馬來西亞。當然，我得告訴他們怡保的位置，它在大家比較熟悉的檳城和吉隆坡之間，通常是那些在馬來西亞小住或工作過的台灣人，才會知道這個地方。我喜歡當馬來西亞人，雖然我比較喜歡台灣的環境和生活。

我在怡保住了十九年，渡過無憂無慮的童年和少年時期。一九八八年來台灣讀書，至今已滿二十三年。在台大宿舍住了四年，很多時間都耗在校園之內，台灣社會對我這種留學生而言，完全是一個異鄉。畢業之後，我到基隆工作了大半年，後來又回到台北展開六年半工半讀的歲月，真正安定下來的日子，從中壢開始。這是我最熟悉、最自在的生活圈，十年來建立了許多屬於自己的生活動線和節點。在中壢住久了，回到怡保反而不太適應。台北是我留學的所在，中壢是我定居的家園，怡保是我成長的家鄉。三個地方，各有重要性。但怡保，永遠是第一順位的。

在怡保，除了自己的親友和曾經生活過的地方，有些事物漸漸陌生起來。後來發現自己在閒聊之間，經常冒出「我們台灣」的字眼。一來，是親友們都喜歡問起台灣和馬來西亞的差異；二來，是我自己心裡老是浮現一個台灣標準。其實兩個國家各有優缺點，都不完美。這兩個大異小同的華人社會，讓我在眾多事物的思考上，獲得更多元和開闊的視野。

離鄉二十年，馬來西亞這個名詞所蘊含的內容日漸萎縮，怡保則日益強大，很多時候，怡保悄悄佔據了馬來西亞的版圖，國家變成家國。但我對地誌學或文化地理學層次的怡保並不感興趣，我只在意我自己的怡保。從童年到少年，太多說不完的故事，還可以從中衍生出更多的故事。它是一座寶藏，源源不絕的提供我寫作的鈾礦。

我在第一部散文集《流動的身世》（一九九九）寫了幾篇跟怡保相關的散文，後來在《句號後面》（二〇〇三）寫了一整本家族傳記，在《火鳳燎原的午後》（二〇〇七）也寫了幾個短篇，去年在〈聯合報副刊〉連載了十幾則尚未打算結集的「陳年小事」。如果加上處於草稿階段的文字，以及計畫中的篇章，值得下筆的怡保故事，足夠寫滿（完整的）三部散文集。於是我決定把怡保好好的整理一番，從散文到詩，用幾年時間慢慢的寫。

最早的《流動的身世》和《句號後面》都絕版多年，我不想直接再版，這次我重新挑選了十八篇散文，分兩卷，試圖勾勒一個感性的怡保圖象，命名為《木部十二劃》。卷一的七篇，前四篇是南洋主題的詩化書寫，後三篇是童年記憶的一系列狂想曲，這些少作一共得過五個散文獎。卷二的十一篇，則是一個完整的家族史寫作計畫，我稱它作列傳。有部分情節故意在不同篇章裡重複出現，有些人物穿梭於故事與虛實之間，甚至某些主題分成兩篇來寫。在我所有的散文創作當中，這是我最喜歡的一輯。〈句號後面〉，則是我最喜歡的一篇

這篇新版的小序，寫不了什麼新鮮事，真正要講的全寫進散文裡去了，留待讀者自己去發現。

陳大為　二〇一一年十二月于中壢

目錄

卷二　垂立如小樹無風

卷一　木部十二劃

會館

飲一口令人大醉的醺醺白酒，紅霞單薄地在兩頰舒展開來，曾祖父瞇了瞇眼，回味著酒韻，年少的父親無聊地蹲在階前，祖孫兩人被凝固在傍晚的寂靜畫面。攝氏三十三度的晚風穿過大堂，繞過八間沒有鼾聲的臥室，在寬闊的天井中央陀螺般打轉，把無聊輕輕攪拌，枯燥的畫面總算有了動感，曾祖父又灌了大大一口。

老人家喜歡想當年，曾祖父尤其不厭其煩，他的當年非常久遠，厚厚一大疊，且有風化成沙的現象。父親陸續逼出許多迷人的舊事，有的點到即止，有的像滔滔江水找不到句點停歇。等咽喉讓酒疼夠了，曾祖父又想掏出那些顆粒很細的記憶，真的像沙，在指縫間流失的南洋。父親只能把遙遠的南洋跟鄭和一塊聯想，自行衍生出壯麗的情節，千帆在腦海擺出浩大的陣仗，大旗在落日底下雲了起來，十足曾祖父酒後的兩頰。南洋的故事頗長，他又喜歡賣賣關子，加上峰迴和路轉，講起來足足一個鐘頭。有時情節可能太過複雜，才講一段他就忘一段，這是老人家苦苦回憶的症狀。馬虎起來的話，則任由酒意魯莽地把舊事刷刷亂翻，像文盲，險險翻爛一冊晚清的脆弱線裝書，沿著宣紙的裂痕撕開一甲子的過去。出乎父親的意料之外，今晚曾祖父打算話說從頭西元一八九七。

鴉片是龐然的大霧在吞噬中國的十九世紀。

當時南方的經濟與心靈都被東洋與西洋殖民，我們可以從電影上看到這些屈辱的畫面與情節。某個關鍵性的下午，天空異常的下起太陽雨，好像在預告什麼重要事情。曾祖父在桂林的街頭拉著人力車，時速如豬，在漫遊，正好經過一個人頭潮湧的檔子，全是興奮不已的苦力，彷彿螞蟻圍住一滴蜂蜜。原來是一個洋鬼子，坐在人潮中的台上微笑，假洋鬼子在身邊傳譯一個巨大的夢想——南洋。賺取無數銀洋的好地方。

是九月吧，也許是七月，不不不，可能是……，反正是一八九七年，曾祖父簽下賣身的契約，把幾個銀洋留在家裡，包幾件破洞的汗衫和灰色的麻袋褲，形單影隻的上船，跟成千上萬的同鄉一塊兒上船。而泱泱中國的海岸，竟然沒有半絲愧疚或哀傷。

像鯨魚，南下的船隊啟航自乾癟的廣西，浩浩蕩蕩，歷史的廣角鏡跳接到霧鎖的南洋。帆船載著被契約捆綁的「豬仔」，這個名稱令曾祖父很不愉快，但事實如此，那些工頭根本沒有把他們當人看待。物離鄉貴，人離鄉賤，卻怎也沒想到會賤到「豬」這個價位。

豬仔們全窩在高壓的殖民船艙，氧氣不足且燈光太暗，大夥兒的夢想都被壓縮，輕度缺氧；雖然他們無法運用諸如「罐頭裡的沙丁魚」之類的文學比喻，但想必感同如此。到底豬仔們在想什麼？在遙想鄭和七下南洋的風光？還是遙想老家見底的米缸？米缸的回音空空作響，這趟船真是不得不上。這種無奈，不是好命的我們所能體悟的。

曾祖父好不容易才獲得水手的許可，到甲板上透透氣。他把汗衫鼓成頻頻回首的帆，但季風斧斧地從東北劈來，把眺望的虛線統統劈斷！命運已交給未知的赤道，船將不同的來歷歸納，管你八字輕重貴姓貴庚，管你祖上何德何能，統統歸納成一個板樣。再軟化各種無謂的掙扎，搓成一根巨大的聽話的麻繩。

遠赴南洋的心情，當然跟赴京考功名不一樣。他們將踏上一片無論在風俗習慣，或地理水土都全然陌生的番邦，而且還是英國佬統治的馬來土邦，越想越複雜。幸好榴槤的魅力蠟染了黑白的南洋，生活的苦澀有了新的滋潤。其實南洋有它美麗的一面，待久了，許多內心的疆界慢慢融解，跟當地土人比手畫腳也有另一番不同的樂趣，尤其在市集裡買東西，雞同鴨講也有不需言語的情趣。

日子在異土慢慢長出根鬚，礦湖把層積的雲紋不斷拓寬，曾祖父在酷熱的採錫鐵船上操作，心裡想的是挖出更多錫米，挖出穩定的經濟。大夥兒都省吃儉用，辛苦掙得些錢都寄回唐山去，家裡的老小都等著開飯。工人宿舍四周全是橡膠林，礦場也被膠乳的氣味團團圍住，沒有娛樂也沒有別的去處，枯燥自是難免的。

再過若干年，心裡的溫度慢慢上升，終於吻上赤道的緯度，汗水暗暗構想一座熱帶的唐山。又是單調的晚風，幢幢的椰影反覆搧動心靈的合院，籍貫如磚，築起各自的高牆與磁場。曾祖父說某些具有領袖慾的同鄉開始構想，構想幫派，構想會館。那必須是一幢南洋的合院，讓大夥兒的心靈可以親切的住下，從這個百年到下個百年……

曾祖父說到這裡便醺醺睡去，瓶裡殘餘大歷史的純酒精，留下意猶未盡的父親。不管怎麼個喚法，都不醒。那些最迷人的、不肯言傳的幫派軼事，只能靠刺青與刀疤的表情偷偷告訴父親坐著的日記。晚風似力盡的陀螺凝固在天井中央，膠住曾祖父的鼾聲，以及父親越來越火爆的幫派聯想。壁鐘慵懶地催了催六點的天色，天色才把聯想的火焰暗下來，往灶裡點去。吃飯的漢子已經走在回家的路上，遠遠的幾顆身影越來越大。

夜色在赤道上空輕輕迴轉，父親躺在依窗的床上想像陌生的秋天與冬天。新買的蚊帳偶然會有雪雪的感覺，那是因為月光斜斜滑過，而睡意正醇。

夢境像紅炮般爆開，南獅在父親的午睡中武武醒來，父親一個鯉魚翻身，從木板床上躍起，動作乾淨，光著膀子便往會館跑去。會館前的空地擠滿人頭，人頭在轟轟鼓聲裡飄浮，晌午的陽光坐在大紅大紅的瓦上，瓦不睬它，專心地俯看南獅的步伐。南獅踩著鼓聲裡的奇正八卦，每一步都力道十足且美感飽滿。父親的南獅情結大概是當年開始一路累積下來，廿歲那年便加入精武門的獅團。當然那是後話。

丈長的鞭炮如八條騰空的天龍，連綿的怒吼揉亮了會館每一窗炯炯的複眼，它鼓起新生的熊熊力量，還拱了拱熊掌，恭請德高望重的老會長上台。老會長的舌頭是出了名的長，無法丈量，總是翻來覆去炒冷飯，講回那套大家聽得滾瓜爛熟的話。父親尚未徹底清醒的雙眼，不得不自製提神的畫面——會館的花崗大嘴銜著魁梧的燒豬在滔滔發言，香味綿綿，無需標點……

如同一張收得很緊很緊的大網，燒豬的香味籠罩整棟新蓋的廣西會館，會館樓高四層，相當高矗。一大群經南洋水土修訂過的鄉音，在問候純正的桂林鄉音；罕見的熱鬧，香燒不盡，話說不完，儀式過於冗長，父親的舌頭是暗中熱身的南獅，潛意識裡垂涎了三十三尺，牙齒在模擬豬皮可能的脆度，推斷裡有可口的咀嚼聲嘹亮地溢出。

老會長發言完畢，上香，把元寶燒給列祖要花一些些時間，太餓的胃酸再度偷襲父親的大腦，食慾懷孕著八胞胎的食慾，味蕾把會館幻想成無比宏偉的燒豬，好讓豬皮的香脆在館史上永駐。其實垂涎的不止父親，只是大家假借交談把胃覺轉移，爺爺後來也招認了這種手法，並且嚴肅地傳授給父親。

落日照椰林，沒有壯烈的聲勢，也沒有唐山的錦繡靈氣。爺爺和舅公們從礦場下班回來，草草沖涼虎虎吞飯，屁股才親了凳子兩下，搭件汗衫便一溜煙的魚貫到會館。這回他們不再是卑微的豬仔，更不是什麼苦難的時代，汗衫當然沒有掙扎成望鄉的帆，因為麻將是更動人的桂林，在等待他們的探望。

就心動的頻率，以及雙掌分泌的汗量來估算，其實麻將才是更醒的醒獅。

四條漢子各據一方，架勢擺開，高呼低喝，十指如飛的用萬子與筒子重砌長城，多少辛酸「淚」，多少血汗「錢」；廣西位「南」，黃河居「北」，麻將的布局有地理的暗喻，牌鬼們有這麼一種堂皇的說法：手裡的十三張，張張思鄉。從漢子們的凝重神色研判，真是一點也不假。至於爺爺近乎出千的神技，還在族譜裡大大記了一筆！父親就是這麼說的，雖然我沒看過，但一直深信不疑。

會館漸漸退去幫派的蛇皮，不再為了爭奪錫礦而揮刀廝殺，所有的糾紛都交給華人甲必丹（Captain）。會館嶄新的肌膚包裹著單純的食慾與聯誼，以及一些小事情的協調與處理。放工回來打打麻將，或者話話家鄉，那是爺爺最開心的歲月。桂林在胡牌聲中日益模糊，自膠林的邊緣淡出。南洋的大地披上老家的月光，南洋便有了老家的模樣，方言雲集每個華人居多的市鎮，漢字端端正正地寫出一條又一條的街道，每個鄉鎮都冠上華文的名堂。每逢佳節，他們都比照家鄉的方式來慶祝一番，總是鞭炮處處，燈籠滿堂，醒獅已深深椿下它的步伐。

對我而言，這些事跡都陳年極了，有黑白照片的韻味，令人著迷得來又帶著一分感傷。尤其那座容納了無數歷史回聲的大堂，更是老態龍鍾。

大堂牆上掛滿曾經叱吒風雲的遺照，都像極了霍元甲。這是我對列祖列宗的第一個呆板印象。但他們永垂的目光如長矛交錯，銳利而不留縫隙。目光團團守住他們傳下的大堂，一副神聖不可侵犯的樣子，我不禁停一下心臟，縮一下膽。那年我才區區九歲，跟父親來會館領一個成績優良獎。這個大堂印象，真是畢生難忘。

前年我載父親回來逛逛，事隔多年，會館已經跟著父親的少年一同老去，門面陳舊，只差沒聽到白蟻的飽呃。但它儲蓄了許多父親當年的小祕密，我想這該是父親難忘它的主要原因。平時沒事，父親也很少過來，不像爺爺當年，以此為家。

我們跨過沉睡不醒的門檻，穿過昔年恐嚇我的大堂，太暗的光線矇住列祖如矛的銳眼，或許他們的目光也鏽了。歲月的大氣壓讓我久久不能出聲，父親兀自步入後堂，蛇冷的暗綠迴廊很靜，真的很靜——，只剩下老廣西的老呼吸。兩位老伯在藤椅上午睡，即使再有南獅踏著炮聲奔來，也驚不動他們的美夢。昔年如南獅神勇的麻將，隨著打牌的十指老化，也萎縮成一盒遇潮的餅，擱在木質的櫃子裡頭，很久很久才聽得見一聲嘹亮如炮響的「碰！」，碰在幻覺的深處，館史的扉頁。一排空洞的老邁藤椅，在牌桌的四方靜靜回想當年的風雲。老藤椅跟老人家果然有些相同的地方。

父親說這些年來，會館保持一年頒一次獎的熱度（熱度來自領獎學童的聒噪），後來有人提議順便吃幾席大餐（菜色必須考慮到假牙和腎臟），最後乾脆一併改選會長（省得鄉親們大老遠的跑多幾次，而且有得吃總是比較踴躍），於是慢慢發展出這種「三合一」的儀式。我只吃過一次，節奏很慢，主席在台上滔滔，食客們的唾液在口腔裡滔滔，我的舌頭蛻變為暗中熱身的南獅，遙契父親當年的潛意識。於是父親小小聲地說起話來，話把大夥兒的目光從誘嘴的冷盤移開，一桌感染四桌，四桌席捲了大堂。主席感動，以為這是議事的共鳴，共鳴把議事加速，好不容易才能發動筷子。可惜不是祭祖，沒有燒豬，不然時光真的會完整倒流。

我可以感受到會長大伯的困境與努力，他使勁撐起廣西的大旗，但會館四肢無力骨骼酥軟，而且大堂裡越來越多枴杖，越來越多霍元甲。如果將慶典譬喻成醒獅，那會館也不過是久久被醒獅醒一醒，才醒一醒又睡去……

這個多元民族和平相處的時代，已經不再需要幫派式的磁場，籍貫的磚全都拆下，我們從不在意彼此的籍貫，管他廣東廣西。我走進會館絕對不會遙想桂林的山水，新的鄉土瓜代了舊的鄉土，即使南獅也無法延伸珠江的濤聲。

我在大堂等了好久，翻遍可以借閱的館藏，父親才從內堂出來，我把族譜重重闔上，彷彿抉別一群去夏的故蟬。會館的祕書大伯跟我講了幾句陌生的廣西話，我細心揣測，快速推斷，然後用廣東話概括地回答。想他也司空見慣，笑了笑，卻令我慚愧起來。寒暄了幾句，我們就告辭。我扶著父親一步步走下石階，回頭仰望會館的額頭，今天沒有陽光坐在瓦上，是因為陰天，而且瓦片也未免太滑。一大群青苔趴在瓦上書寫殘餘的館史，館史漸漸斑駁漸漸剝落，相關的注釋全交給花崗石階。它會永恆地向後來者述說湮遠的軼事。

這時候正好對面的學校放學，學童們蜂湧而出。對他們而言，籍貫早已失去意義，「南洋」則淪為兩個十五級仿宋鉛字，單薄地躺在歷史課本裡頭，除了考試會考到，沒有其他價值，考完就可以忘記。至於「會館」，無論屬於哪個籍貫，都不再是大夥兒的合院，大夥兒也不再對燒豬垂涎。街尾，一群學童吱吱喳喳的走進肯德基，有些則竄進隔壁的戲院看洋片去了。

會館——很不甘心的——瘦成三行蟹行的馬來文地址……

《中央日報・中央副刊》一九九七年十二月三日

茶樓消瘦

我要向你陳述一棟茶樓略帶霉味的身世。

那是一種近乎陳年普洱，其中又混雜著木頭老邁的呼吸、歷史暗暗氣喘的霉味。噢，它身世裡所有的內容都到齊，恢復了昔日的容顏，還泡了一壺上好的鐵觀音，盛裝圍坐在樓下等你。就等你選個汗水依然沉睡不醒的赤道清晨，把尚未早操的想像交給黑色陸燕的尾巴，牠們會裁剪出一襲很酷的中山裝，讓你穿上，好沿著我不徐不緩的語調，逛逛這條英殖民地的舊街場。

你輕鬆的皮鞋踏在新鋪的碎石路上，沒有電影裡那種懷舊意味濃厚的配樂，只有一些些用想像喚來的微風掠過。風必須是一九〇九年的色澤，把有關的景象營造成粵語殘片裡的褪色模樣，整個城鎮憩睡在南洋暖暖的臂彎，還夢見自己是一片小小的唐山。當然這裡除了你熟悉的漢人膚色和話語，還有令你感到無比陌生的馬來人和印度人，以及鶴立雞群的英籍紳士和官僚。你勢必穿過一排接一排的古老建築，帶著淡淡的迷惑，視覺逐一撫過那些中西混血的廊柱與窗櫺，它們似乎在攪拌、在過濾你心思。要是累了，不妨把思緒往街尾的茶樓擱下，讓蜷曲的疲倦像茶葉般舒展開來，在攝氏八十度的白色瓷壺。

「是誰，寫下這個大刀闊斧的匾額？」你一定會問，問到脖子痠疼，然後跟每一位剛剛入座的客官一樣忍不住再三讚歎。「廣州茶樓」四個金色的大字橫踞在門梁之上，十足史晨碑的法度，而且筆觸之中飽含北望神州的重重鄉愁。當然你可別妄想在這裡遇見黃飛鴻，舉目望去滿樓盡是走卒販夫，只有寥寥幾位長者和閒人；他們多半是被一張皺皺的賣身契捆起來扔到南洋的「豬仔」勞工（及其後人），至於衣著光鮮的，則是背井南下淘金的「新客」。一賤一貴，都同樣有這麼一張嘗茶的嘴，好像真的可以飲到唐山的滋味。

茶葉在壺裡杯中釋出故國山水的色香，和神韻。他們可能會這麼認為。

茶樓不小，相當於三個店面的規模，兩扇暗褐色的大門上面貼著你已然陌生的門神。門神威武，如兩廣提督，而門檻是丈寬的長城在階前一橫，整個茶樓就在你洶湧的感觸裡形象化，成了大大一壺鐵觀音的紫砂城池。來的全是蝸蜷在異地的唐山心靈，服或不服水土的他們在尋求一種舒展，在鄉音裡無拘無束的舒展。

你粗略點算，一樓共擺了二十二張大理石面的大圓桌，全被高談的辮子坐滿。別驚訝，這還是愛新覺羅氏當朝的宣統元年，溥儀就像你在《末代皇帝》影片裡看過的，那幅尚未斷乳的德性。你選了一個靠近櫃檯的位子，坐下，叫了一壺茶。隨後伙計端來幾籠廣東點心，問候你顫抖不已的舌頭。你的目光像一隻好奇的松鼠在桌子之間跳躍，從廣東細膩的表情到廣西粗獷的眉宇，穿越方言與方言交集的淡淡陰影、語意和語意來回拉鋸的縫隙；你柔軟的耳朵更不規矩，化作一頭瘦瘦的黃鼠狼，在窺探、在竊聽眾人的南洋生涯，看看裡面有沒有什麼好東西？

你發現，坐在你周遭眾人都很專心地翻閱一份份剛蒸好的《叻報》，大叔們眼神顫動，宛如即將脫落的龍鱗，其他不識字的大伯則耐心地等待閱報的大叔把消息轉述……，然後話聲即如鞭炮般砰然四起，粗話將應有的標點憤憤踢開，一氣呵成的怒罵出來，像各路舉義的漢末大軍，殺氣騰騰地去討伐該死的亂臣賊子。你可以讀出潛龍淌血難止的傷口，整個遙遠的中國就在這裡，在他們難過又無力的心田，在印工粗糙的《叻報》上面。鉛字很忙，急著結痂被閹割的唐山。你匆匆瀏覽，你從不曾如此近距離瀏覽一個只在歷史課本裡讀過的中國，這麼近，近得令你心驚，你甚至可以清楚聽見宣統窩囊的詔書在頭版大哭，還掛著兩行膽小的鼠色鼻涕。

所有的怨言全泡進一壺鐵觀音，包子把粗話囫圇吞下，「埋單！埋單！」大叔大伯們十分氣憤的離去，有的要開工、要上班，有的則得回店裡開門做生意，走歸走，臼齒還嚼著莫大的詛咒：「都是那隻狗養的葉赫那拉！」你不得不肯定這句粗話背後的情感，毫無政治作用的渺小粗話，每一個字都纁滿真摯血絲。你一定察覺到，南洋始終不過是他們謀生的飯碗，坐了一整個清晨竟然聽不到半句有關馬來亞的對話；你差點錯以為現在身處的是廣州的某家廣州茶樓，而剛才鄰座那位蓄著小鬍子的漢子，就是國父孫中山。

歷史像一隻遊走於赤道雨林的巨蟒，脫去一層又一層的蛇皮，每一層都是時間與事件的史籍。快雨，急晴，又快雨，朝代與年號瞬息更替，玉璽像彈珠彈來跳去……。廣州茶樓在颱風圈外儲蓄年歲與青苔，靜靜的等待。假如你耐心坐下去，坐到馬來亞高呼獨立的一九五七，大英帝國的太陽往城鎮的西邊黯然落下，所有殖民時代的建築都在狂歡，它們的靈魂從數百餘年的列強牢獄中徹底掙脫出來。

廣州茶樓還是廣州茶樓。

但你將看到我舅公掌櫃在這裡，還可以吃到疼胃的老點心，依然可以聆聽戀耳的舊粵曲。舅公本來就是資深的老伙計，同時也是老闆唯一的女婿，所以順理成章的在老闆仙去之後接掌了這間老店。換個位子吧，換到靠近門口的地方，你可以更清楚的看到人事的諸多變化。首先，你發現這回輪到《南洋商報》纏住所有的左腕，許多新聞的標題皆圍繞著南洋，更準確的說法是：盤踞在馬來亞半島和新加坡。你也許會很不習慣，因為從此「國父」並非用來尊稱孫中山，而是一位叫「東姑・阿都拉曼」的馬來族民主鬥士。大叔們失去可以激動的滿清，只剩下一具赤化的陌生中國，於是心臟悄悄探出根鬚吮吸腳下的厚土，粗話的比重減少，不然就是對象轉移到當地的一些不平事情。

等粵曲舊透了，風就穿過去，穿過原有的鄉愁，把話題吹離唐山吹向當地的華文學堂。你必能感受到新舊話題在你狹小的耳蝸管裡代謝消長，或許它們的步子稍嫌凌亂，但其中一股前所未有的踏實感，透過忙亂的步子清楚地傳達出來。踏在這片土地上的老唐山，開始熱愛真真實實的南洋，如果你成為廣州茶樓的常客，就可以目睹舅公如何夥同街坊去義賣，從飲食、理髮到三輪車，從月圓月缺到月蝕；一籠籠肉汁飽滿的叉燒包砌出教室的四壁，一碗接一碗的咖哩河粉波浪成彤紅的學堂屋瓦，孩子是漢字土生土長的新筆劃，在馬來亞半島的華文教育史上書寫一頁輝煌。

離廣州茶樓大約半小時腳程，繞過宏偉的英國風格市議會堂，再跨越偶有柴油火車從底下鑽過的紅色鐵橋，就是我念書的華文小學，那是當地福建公會的血汗結晶之一。校園不大，但有好幾個排球場，下課時間總是被無數的排球擠滿。如果你眼尖的話，一定能看到我當年無比神勇的球技。後來我唸的那所中學也是福建公會的阿公阿伯努力的成果。你和你無比幸福的朋友們都該來看看這場汗水浩大的灌溉，在南洋，在漢文化伸展的最最南端。

你再耐心坐下去，在茶樓日益加深的皺紋裡坐到易開瓶當道的一九九〇年，近八十高齡的茶樓會告訴你一些難過的事情，譬如最近先後被狙擊而受傷的生意，大街對面的肯德基與麥當勞各傷其一臂；又譬如茶冷的速度裡有兩百CC的可樂冒起，孩子們不再喜愛普洱或鐵觀音，也沒有誰再關心粵曲，大家只知道巫啟賢等十大歌星，只呼吸經歐美文化殖民的消費空氣。整個日漸現代化的城鎮，把茶樓座落的舊街場很突兀地包圍起來，拚命推擠呀推擠，彷彿它們是一顆防礙市容的惡性腫瘤，於是不斷有新的工程將舊的建築遺風——削除，逼得你不得不抽身離去，從我嘮嘮叨叨的敘述……

去年二月，我回到舊街場，它釀製了我從童年到少年約十餘年的記憶。可是晚風慵懶，怎麼也不肯用力多吹一下，整個畫面就這樣凝固在夕陽的腳踝旁邊。我自街口轉進巷子，路經你匆匆離去的長廊一隅，在茶樓十步之遙的地方停了幾秒，可真有點近鄉情怯的感覺，等下與親人見了面，還不知道該說些什麼？舅公已過世三年，歲月這柄無情的鬼斧劈爛了匾額的神采，我小心翼翼地跨過門檻，門檻連看都不看一下，倒是那兩位長鬚若雪的老門神，還記得我這久違的鄉親，發出輕微但溫馨的木質聲音。

表舅只亮起幾盞的昏黃小燈，在半睡半醒的櫃檯，閒閒的背影有點像是退隱的壯士。表舅跟這棟茶樓同樣的高大威猛，也同樣的落寞。茶樓失去了茶客，猶如壯士失去了戰場，一種無所適從的空洞，我深刻地感受著這股空茫，在已經打烊的大廳中央。不過表舅卻很熱情的招呼我，似乎把招待十桌熟客的熱情濃縮在一起，話題像一桌令胃瘋狂的廣東點心，食慾在盤子與盤子之間手舞足蹈，一件事才談上幾句，又急著談另一件事，我好不容易才把近五年的家族大事奉告完畢，又得端上一盤蒸騰騰的話題。

不曉得是燈光太暗，抑或茶樓果真老了瘦了，我穿過一樓感同穿過一個廢棄的宇宙，又像胃臟僵死但仍有太多記憶的壯烈酸痕！你應當還記得我向你陳述過的從前種種，那是這個茶樓的貞觀盛世，每一句話都很鏗鏘都很營養，足以滋生一整個赤道雨林的想像。但如今走在樓梯上，每一步都要溫柔，怕梯子會痛，茶樓逐漸流失珍貴的骨質，這是白蟻們幹的好事。我想，我真的來得不是時候，茶樓甚至來不及上妝迎我，她輕咳了兩聲，喚醒一支沙啞的粵曲。如果你也來了，她會再泡一壺鐵觀音，把南洋從頭品茗，品茗大叔大伯們既綿長又精準的粗話、包子與河粉砌成的眾多學堂、昔年各大報章的頭條……

陳舊的街場往都市邊緣退隱，隱出霉黴，在我微微過敏的鼻腔裡大耍可惡的把戲。我辭別了表舅汪亮的目光，一步一步踏著你走過的腳印，踏著獨自冷清在巷裡的百年野史。那將是一大串感傷的老故事，以及一大壺柔軟的鐵觀音，要是我再度向你或你的友人述敘廣州茶樓，在閒來無事的炎炎午後。

《聯合報．聯合副刊》一九九八年八月十二日

抽象

那時候我們只能從課本讀到中國。

彷彿有人驚動了黃昏，喊醒了千萬隻亂竄的蝙蝠，蝙蝠是那簡寫的漢字撒野在視網膜上。我隱隱覺得書頁裡有一個說書人，用很陌生的北方口音，娓娓地描述神州大陸，它的氣候，和它的地理。彩色地圖的上空是四季幻變的雲氣，用最優美的姿態游走在等高線之間，演奏一場無聲的音樂。至於土壤，或濕漉或乾旱的土壤，各自孕育不同的內容，於是就有小小的礦植物符號遍布神州。

再怎麼努力，我們都無法假想秋天與冬天。季節是一個抽象的美麗名詞，只在寫作文的時候用來點綴天空，用來強說愁。對我們這些赤道的孩子而言，楓和雪的千百種風姿，都是唐詩和宋詞裡的畫面，只存在於文人寒冷的筆下，與高溫絕緣的地方。

整個少年時期，我就是透過這些植物的殖民地，還有礦物的占領區，去認識這個遙遠的國度。它高踞我知識緯度的大北方，一季大雪一季櫻花，三百首唐詩三百闕宋詞的北方。我的眼珠子隨著橫行的簡體滑梯，一路溜下去，像輕舟掠過萬重山。

旅途中總有好些驚人的數據跑出來，收編我讚歎的眼神。譬如可能飼養過蛟龍的大黃河，說不上究竟多寬的兩岸，總之寬到不見牛馬；又譬如我在夢中量了又量的長城，不知葬掉多少駝鈴，寵壞了多少風沙。

我使盡全力，把數據和圖表立體化，讓河北的大雨在我書房的窗前囂張狂放，讓六月的書桌出現三吋細雪四尺飛霜。然後在赤道酷熱的下午，埋首作答，答答答答，中國在考卷的兩端躺成標準的秋海棠。這是個很好記，可又非常俗不可耐的比喻。從時間的上游到下游，中國在歷史的羊水裡轉動它巨大的身姿，偶爾一腳踢向我薄薄的腦袋，回聲裡盡是綿密的悽愴。悽愴？是的，從王朝興衰的背影和兵家爭戰的縫隙間，流溢出來的就是悽愴。

讀下去，會有一股莫名的痛恨在胸膛萌發。

其實我們很少讀到近代的中國，把歷史課本翻爛了，還是古代的種種殺戮和威風。很嚇人！前後兩千多年的流水帳本，我吞完一段嚥一段，先瞻仰秦王政再叩見楚霸王。中國披著一身神祕的鎧甲，隱隱有天龍的色澤，不容易說明白，更不容易聽懂它的來龍去脈。想必是腦袋太小，容不下歷史的體積，所以地理風俗才能大剌剌的，占據了先祖們心裡的中國版圖。畢竟那是他們真真實實生活過的空間，山巒起伏河川拐走，地理根本就是腳掌閱歷的歸納與分析。

我的先祖來自廣西，向來被視為南蠻的領域。我不曉得那是一片什麼樣的江山，只讀過整整一頁的簡介，關於桂林山水如何甲天下，舟子如何朝那無雙的美景逆流而上。一頁陣容龐大的細明體，七嘴八舌地圍繞著黑白照片，向我滔滔不絕。但我對廣西沒有絲毫的情感，連陳門堂上的列祖列宗都擠不出印象。

我的先祖只能往上追溯到祖父，再上去就模模糊糊，有時甚至在假想會有這麼一部完善的族譜，把我不知所蹤的列祖列宗找出來，詳詳細細地記述每一件大事，每一次遷徙的路線和因素。他們那一輩大多是目不識丁的粗人，順著生命困頓的季風，在鄭和身後的數百年，越過南中國海，來到馬來亞半島。每個虎背熊腰的漢子個別拎著自己的故事，以及一片中國的記憶。

這片古難的中國，他們都習慣喚它作「唐山」。

茶餘飯後，幾張瘦長的舊板凳按時聚集於椰子樹下，晚風徐徐，梳過方言裡精緻的音韻和粗獷的內容。漢子慢慢被梳成大伯，大伯們動不動就是想當年如何如何，動不動就是唐山有多好多好。「返唐山」是貼在大嘴兩旁的門聯，這句話背後埋藏了無以估量的希望與辛酸，儘管歷經風雨而略略褪色，但我還是可以清楚的感受到它的重量，一筆一劃，笨拙地椿入我無從閃避的耳膜正中央。可我又不得不說明它的重量，是地理與人情的懷想，一種極單純的，屬於自己的記憶圖象。

時間是一群白蟻，飢寒交迫，大口大口地蠶食少壯時代的唐山印象，於是百孔千瘡，於是風華盡喪。許多印象逐漸彎曲變形，成為一堆隨口杜撰的字句，在口腔裡猶豫，往聽者的耳膜輕輕踢去。唐山在堆滿酵母的分貝裡，膨脹起來，它不斷流失著內容，又不斷自我填補擴充。符號化的國度，所有的風景和事物由繁而簡，形容詞的大軍隨那萎縮的記憶版圖一併縮編，反覆動用幾句籠統的成語，不是錦繡河山，就是江山如畫。來來去去，不外乎這幾句。

我從他們的眼神讀出一片龐大的山嵐，一片巨大的茫然在掙扎。

落地生根的老唐山生出新一代的小唐山，中國圖像在假想裡悄悄遺傳。一九五七年獨立後的馬來亞聯邦，單單圍剿馬共已經累壞了，上萬的軍隊陷入叢林，城鄉邊緣老是有一些擾人的零星游擊。中國於是成了當代最大的違禁品，空間變成第二族白蟻，飢寒交迫，把前人剩餘的唐山印象吃乾淨。

法律的圍牆固然有其嚇阻的作用，但也只能嚇阻聽話的腳丫，無法禁錮苦悶的心臟。所以我在許多馬華詩人筆下，繼續讀到簡寫後的中國，讀到詩人們憑空想像的長江，總是一副典型的滔滔與浩大，總是融入好多一廂情願的家國情感。

想是江水太急，把我們這群第二代的小小唐山對中國的關懷，自當代的政治現實裡沖刷而去，朝李白的三峽，朝東坡淘盡千古英雄的大江前進。結果我們沉沒在古中國的水域中央，被某些文化意識強烈的墨客與官僚急救醒來，一睜眼，到處都是不知所謂的儒家訓言、墨守一生的顏柳法帖，還有「五千年文化」的口頭禪。

他們大都沒有讀過《論語》，更不知道孟荀朱陸分分合合的哲學體系，但他們把想當然的儒家內容，注入奔流不已的血液。他們肯花更大的耐心來虛構一頭龍，組織它的鱗片和雲彩，以它正宗傳人的姿態。然後用力地舞龍舞獅，開懷地吃粽子。只要有機會親吻麥克風，一出口就是諸如「我們五千年優秀的中華文化傳統」，以及由此衍生的話語種種。

我曾經請教一位當地的墨客，關於中華文化的內容，以及優秀之處。墨客便口若懸河，揣出一堆形而下的器具，一堆節慶的活動，但他實在沒有能力說明箇中的意義。盡是熟悉的影像在他的話裡奔騰，蹄聲龐沛而空洞，最後還是化約成更抽象的辭藻，服服貼貼的熨平到二次元的書面上，再流轉於文本以外的大千世界。

可是你千萬別追問五千年歷史或文化的計算方式，我屢次得到的答案是：黃帝以下一切從簡，只有幾位因連續劇而認識的君王存放裡面。真正讀過歷史的人不多，了解文化本質的人更少。對這麼一個只有一所中文系的赤道國度來說，該有的苛責都不該吐出。中國真的越來越抽象，最終成為一顆壁球，使勁地彈跳於知識沒有粉刷的四壁之中。

直到近幾年，中馬政府之間的關係因龐大的經貿利益而解凍，我們這些被遺忘多年的南方龍族，總算能一了心願，踏破重重想像的霧障，步上有仙則靈的五嶽，在原地遙想秦皇漢武於泰山封禪的陣仗，昔年的旌旗如何像大鵬展翅，如何把烈日熊熊的點燃；或者買張無帆的船票，隨那逆流的速度，劃開大江私藏的祕史，聽導遊胡說三國赤壁，讚美我們崇拜不已的諸葛孔明。

一切抽象的壯麗紛紛落實，雙腳踏到神州雨後的泥濘，倉促的鞋印沒有因此而感動了哪座古堡或帝陵，同樣的，也沒有因此被感動過。驛站、古道、狼煙，統統歸還給文學；不再有「騎馬倚斜橋，滿樓紅袖招」的絕美畫面。神州失去想像中的內容，或者說，那些假想根本就不曾擁有？

從北國歸來的龍族們，勉強充實起飽嚐美景的斗大眼神，以睫毛清掃殘留的夢想碎片。言辭興高采烈，彷彿有青銅色的高溫火焰，把不願訴說的訊息熔鑄成字句間的標點。任憑失落的風雪，靜止在敘述的背後。

這時候我只想從印刷品和電子的影像裡閱讀中國。

彷彿進行某項大工程的百萬工蟻，雄壯的繁體漢字在視網膜上喧譁，螢幕當中有一位主持人，用北方龍族的口音，傳神地敘述大江南北的氣候與地理。

我加速驅動筆下幻變的雲氣，驟然巨兔驟然麒麟；讓不同的土壤孕育各自的四季內容，在考卷上開出花卉千百萬種。季節，還是那個抽象的美麗名詞，繼續豐富赤道文學的雨季和旱季。龍呢？更抽象的龍，斜斜的躺成楓和雪的十萬種風姿，筆劃蒼勁，外帶兩分朦朧八分清晰。

我在一箭之遙的高崗上，喚醒上古的雲彩於腳下湧動，靜靜觀龍。然後將具體的山嶽抽象成嵐，凝住，再慢慢飄散。

《中國時報・人間副刊》一九九八年六月二十四日

在南洋

這口古井一直沒有回答我的問題。

不曉得是不是太老，連聲帶都衰弱得難以動彈，除了短促的回音，我根本聽不到它的應答。就這樣開大著口，它含住一塊二十世紀末的天空，以及我遠道而來的影子。我並沒有像其他遊客一樣，把願望貼在錢幣的背面，沿著小小的拋物線，穿過上鎖的鐵絲網，投到井水清晰的底部。有人說這口井早已死去多年，井水其實就是雨水的儲蓄，並非源自地底，所以在旱季它是乾涸的。那願望呢，會不會隨著水位枯萎？

疑惑是薄薄的青苔，把古井的口腔密密實實地膜起來，好讓水位以上的歷史，能在最鮮活的狀態甦醒，睜開當年它曾經仰望鄭和的眼睛。

我相信，住在這一帶的每個華裔居民，都可以說出三寶井的來歷，以及三寶太監鄭和前後七次遠赴西洋的偉大事蹟。這當然是偉大的簡明版，僅僅包括鄭和的身分與名字、明朝的海軍人數和船隻，以及一些杜撰的貢品，寫出來也不過那麼三兩行。想當然，不可能每一行都是重逾千石的菁華，那只是總結而成的印象。這印象既龐大也空洞，我細心地調整焦距，生怕遺漏了些什麼，埋沒了些什麼。鄭和站在六百年前的旗艦甲板上，調整著望遠鏡的倍數，對於南洋，他也不希望遺漏些什麼。

可是那麼一則大歷史，在經過六百年的筆錄言傳之後，竟然遺留下這麼一丁點的殘渣，只因為這不是天子腳下的土地，不是一片以漢字記史的地方，這裡是南洋。南洋同樣以一個高倍數的望遠鏡把鄭和鎖定，卻刪掉他身邊的大部分影像，所以連續七次的遠洋艦隊，我們只讀到「鄭和」這兩個特大號的漢字。

我曾經很困惑地問高中歷史老師，到底該叫南洋還是西洋？結果老師很沒有把握地說：清代以前都稱西洋，大概跟船的航行方向有關。想了想，他又說：如果從地理形勢去推斷，明朝商船離港後先南下，繞過中南半島，再西行至馬六甲海峽，所以即叫西洋，也叫南洋。看來他似乎很滿意這個答案，自己點點頭，摸了摸下巴，然後在某次小考中出了這麼一題來測試我們的印象。

我總覺得南洋這名詞，似乎在暗示漢人已開始滲透這片土地，當然最大的滲透是鄭和七次南下的遠航。那是永樂七年的大事，太監鄭和、王景宏、侯顯等一夥人，總共率領了不知所謂的兩萬七千名各級官兵，乘上四十八艘龍骨堅固的遠洋巨艦。我忍不住趴在書桌上用力想像——哇！每個甲板都運載著很嚇人的士氣，成堆成堆的禮品，浩浩蕩蕩地啟航，好像四十八尾成年的藍鯨，破浪前進，去赤道吃龍王們宴請的大餐。不，應該說去請赤道的龍王們吃大餐。是的，這麼一支毫無軍事意圖的艦隊，穿越不同的緯度，穿越東南亞諸蕃的領海，踏上異邦貧瘠的國土，到處頒授聖旨和金銀，同時不斷宣揚空洞的天朝國威，不斷錯過建立殖民地的好機會。

鄭和每天都汗流浹背，雖然有陽傘和羽扇，但南洋毫無美感可言的高溫，令人十分難受，連被晚風鼓起的帆，都不免有點綴綴的感覺。我不知道他會不會暗地裡偷偷後悔，可是為了扮演好泱泱大國的使者風範，鄭和盡量收斂不悅的表情，尤其觀賞那些慢節奏的笨舞曲，更必須硬硬撐住眼皮。不管鄭和怎麼個撐法，可他的兩萬大軍開始感到後悔，褪去了新奇感，取而代之的是無止境的無聊與疲憊。唯一可以打發時間的活動，就是拚命吃海鮮，吃得腦滿腸肥，連汗都帶幾分腥腥的蝦味。

如此大費周章，就只為了向南洋番國，炫耀大明帝國不可望背的軍威和德政。在明朝的史書上有如家常便飯一樣地記載，一頓又一頓，一回又一回，大而無當的西洋之旅，艦隊像招搖過市的猛虎，把南洋諸番嚇得只有下跪的份。於是老師在往後的史書裡，查到無數以漢語音譯的南洋諸番的國名、無數次的進貢、古怪的貢品，以及一些十分蠻荒的文明評價。老師還說：再加上幾椿公主和番的佳話，拼湊起來就是一篇明朝的外交史。不過，也僅僅是外交史。人民的活動是渺小且模糊的，許多真實的事物像微塵飄浮在文字之外。當時老師沒有提起，直到多年以後我才很偶然的讀到一些很容易被忽略的事情。

我一向都很喜歡歷史，常把歷史構想成一幅生動的畫面，那是我背書的祕訣。我是這麼構想一四〇九年的——那年鄭和滑潤修長的十指展開詔書，用對方聽不懂的漢語冊封第一任滿剌加國王。用漢語把詔書唸完，再逐句口譯成土語，好讓國王二度感恩流涕。滿剌加即是後來的馬六甲，我在課本裡接著就讀到它如何稱霸馬六甲海峽，還出了一名偉大的民族英雄。冊封，從此變成一種習慣，每當新王上任，必受明朝冊封才得以正名，直到它被歐洲列強殖民為止。於是我的腦海更忙得不可開交，隨著歷史時間的延伸而沸騰，鄭和龐大的艦隊三番五次擠破了馬六甲港口，在當地人眼中簡直是鋪滿整個海面，比他們一輩子看過的船隻總和還來得龐大。至於馬六甲王國的艦隊，只有一些比漁船稍大的戰船，根本不夠看。

我反覆猜想，鄭和的幕僚之所以不想將國王和他迷你的艦隊一併拿下，順便統治這個地方，就是因為赤道太熱，雖然有椰汁可以暫時解渴，有以亞答葉為瓦的乘涼小屋，可是卻沒有誰願意被派到此地駐守，這麼一個鳳凰不至麒麟不來的鬼地方，想喝口香醇烈酒也很難。

南洋的歷史課本總是有那麼一大段描寫鄭和七下西洋的話，空洞，沒有絲毫傳奇的色彩。必須自己用力去想像，去添油加醋才能勉強下飯。也許有人曾經這麼附會：它可以說是馬來民族與中華民族之間的一條臍帶，其中的因果與邏輯，越是說不清，就越是親密。

其實，有龐然大物造訪的一四〇九年，即是大而無當的永樂七年。讀歷史最苦惱的便是年份，我費了很大的功夫才把這兩個年份畫上等號，因為老師總是要求在作答時，把「永樂七年」寫在「一四〇九年」之後的括弧裡面，這才不會把一件大事當作兩件。

話說鄭和的艦隊來來回回，留下了國威，也留下少數大明帝國的子民。他們沒有作為，也沒有強大的生育力，比起當地土著如豬一般不顧一切地生養，真是望塵莫及，此後五百多年的移民也一樣。不管是從福建、海南、廣西，還是廣東，總之沿海一帶主動南遷的新客，或者簽下賣身契的豬仔勞工，他們都不打算在此成家立室，更不打算老死在這個蠻荒的鬼地方。在時間的剪貼冊裡，他們有了一個新的名字——華人。我還記得老師說到這裡，轉身過去，在黑板上寫了一行深奧的字：「移民的符徵」。沒錯，就是這種過客的心態，讓他們跟政治保持一定的距離，他們只關心今天挖出多少噸錫礦，收集多少磅橡膠。可見南洋不過是借宿的客棧，而華人安分地駐守著南洋歷史的一個小角落，其餘用馬來文寫就的篇幅都是他族的事蹟，除了鄭和的造訪實在聲勢浩大，所以不得不提。

我不知道鄭和究竟有沒有喝過這口井水，但井的少年時代一定很風光，它也許早已料到自己會成為六百年後的古蹟，跟後來葡萄牙人、荷蘭人、英國人建的城堡一起，肩負馬六甲的觀光事業。可是它對後來的事情就交代不清，畢竟它不過是一口三寶井。

面對這段鄭和以下的歷史時空，史家的表情開始凝重。前人的貢獻對後人而言，是模糊的，也基於經濟成就和國族心理上的認同，他們很想去肯定先祖的一切種種。或許我們可以透過某些史詩的描繪，看到先祖如何撥開蓊林茂盛的綠色，躲避土人有毒的吹管和刀鋒，用他們偷偷顫抖的手；接著是走獸的意象在字裡行間奔馳而過，群象如雷霆，蚊蚋若急雨，虎嘯是大地最壯麗的呼吸，我們的先祖圍坐在營火周邊，眼眶泛著薄薄的淚，甚至結出幾顆鹽晶。其中有人想起鄭和那支風風火火的大軍；有人細數身上的錢幣，不知什麼時候才寄回去；其中又有人裹著一層汗水，繼續小睡……

還是從課本，我讀到一個殖民政府頒授的華人官銜——甲必丹，讀到甲必丹的大小事蹟，濺到老師忍不住橫飛的口沫。在老師不停比畫的手腳當中，我強烈感受到，這是一個極其厲害極其囂張的角色。的確，自鄭和以降，這是唯一可以見諸史冊的華人威風史，不過仍然免不了被官方的大筆強行矮化，將其建都的功勞先接木再移花。不過連老師都沒發現，我們讀的只是華人專用的課本，裡頭儲存了好多一廂情願的故事。若干年後我又讀到長篇大幅的散文和詩，細細描述某位甲必丹的正反面目，接著又有愚忠之輩跳起來破口大罵，嚎啕痛哭。

長大以後才發現鄭和離我們真的很遙遠，六百年後的文筆果能穿越時空，近距離諦聽他汗水滴落在土地上的聲音嗎？我開始不那麼相信課本裡的故事，以及老師滔滔不絕的口水。雖然我在每天放學回家的路上，都能遙望採礦的鐵船和水筆，可就是無法遙想勞工當年，究竟處於什麼樣的生存境況？寫史的知識分子沒有實際的豬仔經驗，而勞工沒有撰史的能力和觀點，後代的文人和文人撰寫的課本又隔得更遠了。鄭和、新客、豬仔、會館、南洋，在我們刻板的詮釋之外，它到底曾經是個什麼樣的野地方？

我一直期待有那麼一篇史詩格局的小說，用精準且傳神的語言，把南洋的種種來龍和去脈說一說。讓南洋在鉅細靡遺的敘事裡，像一頭醒獅無比生猛地復活。於是我閉上眼睛，去想像六百年前的粗獷，鄭和拭不完的汗；去想像兩百年前的族群如何建立他們的會館，在這塊土地上重構一座唐山。整大片雨林在心臟滋長，一頭馬來熊走過，尾隨的是灰色的群象。

其實我只到過一次馬六甲，對殖民地時代的古堡印象，已經剝落得差不多。我只記得那口三寶井，和蹲在井底繼續許願的各國錢幣。我弓著身體像一個俯看古井的巨大問號，不過它一直無法回答我的問題，並非喉嚨乾澀不宜對談，而是它只關心什麼時候會下一場滂沱大雨，好增添一些深邃，不必言說的寒意。

《聯合報・聯合副刊》一九九九年五月二十三日

流動的身世

其實我也不是很清楚這條河的身世。

第一次向友人提起它，是在跨越新店溪的一座吊橋上。颱風過後的大水在橋底翻騰，彷彿藏有古老神話裡的蛟龍。我要講的那條河沒有蛟龍，它的身世有另一種謎樣的色澤。苦惱的是，我描述得越仔細，友人眼裡便出現越多的狐狸，有的用爪子搔頭搔個不停，有的就這麼逛來逛去。他沒辦法相信，但我的語氣明顯擁有誓言的崇高質地，言之鑿鑿的語詞更把十分可疑的見聞，硬硬說成七分的真實。到最後，連我也暗暗動搖，會有這麼一條河嗎？究竟是那天的陽光有毛病，還是我的眼睛在惡作劇？

我確確實實到過那個十分詭異的河畔。

屈指一算，竟然被那河水沖走近二十年的歲月。我喜歡河，並非因為它的流動，而是它飄浮著一兩則淒厲的水鬼故事。我是先喜歡水鬼然後才順便喜歡河的。這河的下游在我認識它之前，就以急促的水勢流經我念書的幼稚園後面。河的深呼吸，河的小噴嚏，形成一種抑揚頓挫的伴奏，讓老師講課的語音產生乍浮乍沉的錯覺，老師口中的童話更有一條不必說明的河流扭動在裡面。這是一所特大型的幼稚園，分五班，大約有兩百多名有待調教的小頑童。一到午休時間，四處都擠滿了聒噪的對話，小小的童鞋把每一株嫩草折騰得遍體鱗傷，河的下游就在草坪的紅色護欄之外。我和小夥伴們常常端著午餐跑到這裡看河，交頭接耳，胡扯一些有關水鬼的舊案新聞。這河因為水鬼才有了生命和內容，起碼對懵懂的我們而言，靈異故事有一種鴉片般的魅力，令耳膜不能自拔地沉迷。經過整整一年的瞎猜亂想之後，我們的水鬼由一個變成兩個，從故事的下游移民到上游。

也不知問過多少次，外婆總是給我含糊的答案，她說那位傳說中的水鬼極可能是多年前投水自盡的薄命女子，也極可能是對岸村落裡溺斃的戲水孩童，由於沒有誰可以證實水鬼的年齡和性別，所以答案永遠像麵粉搓成一糰，一糰極可能的猜想。非但如此，外婆還警告我不准自己偷偷跑到河邊去玩，無論釣魚或挖蚯蚓都不行，因為水鬼最愛找小孩子來玩他的替身遊戲。

你知道的，對小孩子來說，禁止本身即是一種加倍的鼓勵。但我實在太小，小得連出門都必須由媽媽的視線牽著。隨著年齡增長，這條線自然越放越長，最後變成形而上。於是那失去禁令護欄的河畔開始喚我，隱隱傳來水鬼們仰泳的刺耳水聲。我和我那群業已長大的玩伴都聽見了，那鬼祟的流動，以及它不可言傳的內容。國小六年級的膽子相當於豹子，眾多興奮的瞳仁被同一尾獵物勾著不放。選一個星期六的下午吧，我提議，並速速草擬了一個尋覓水鬼的行程。

那天放學後我們都沒有搭乘校車回家，把一串謊言交給某位膽小的同學，叫他代我們向父母傳話。頂著烈日，我們大步小步地走向兩哩外的幼稚園。翻過象徵式的矮小圍牆，再沿著童年的記憶和鞋印，重返當年不容親近的河畔。沿岸那排超級大樹，從印象裡長出無數粗獷的枝椏，把中午的河畔遮蔽得十分陰涼；一尺寬的小路循循導引我們的腳，一行五人，我們斗膽前進，一邊默念阿彌陀佛，一邊踏著水鬼傳說的每一個標點符號。只要有人影出現，遠遠，我們萎縮的瞳子就鎖定他的腳跟和頭髮，聽說水鬼總是濕漉漉的，說起話來有一股難聞的魚腥，頭頂有三片不起眼的浮萍。可惜都沒有，也幸虧沒有。

終於來到令我們目瞪口呆的中游。我們發現一個十分奇特的景象，在我們預料的急湍流勢裡，河更換了固有的內涵，水鬼的身世變得出奇的複雜。這時候，天色倏地陰了下來，風把一陣陣腥味朝著我們的聯想猛吹，我們既沒有帶傘，一時慌亂又弄丟了膽，於是轉身便跑，沒命地逃回去。那怪異的景象，一路上都在腦壁間撞擊，兩個太陽穴像蝸牛高高腫起。

我不是要告訴你有關水鬼的見聞，而是河的色澤。

那是一條兩色河，左半邊是骨白的灰色，右半邊則近乎瘀紅的褐色。兩色，是真的。可惜我們當時的立足點，只能看到大約數百公尺的直直一截，究竟上游那段河水會是什麼顏色就不清楚了。這古怪的畫面，完全顛覆了我對這條河的印象與想像。它逼我重新去假想一套身世，一則或一系列的古怪故事。後來河的全新身世便在班上傳開，那天下午，我窺見好多半信半疑的耳朵，化成一群群的幼蝶往窗外飛去，朝向兩色河的方向拚命振翼。

小學畢業後，兩色河驟然改道，流到夢囈和言談的最外側，匿起它震耳欲聾的水聲。

直到十餘年後，某次上作文課教得有點無聊，學生在鬧我講個鬼故事來彈彈神經，河，突然從天而降，嘩啦嘩啦地打濕我乾涸多年的牙床。我的舌，變成一尾得水之魚，活龍活現地把童年的兩色河細說從頭。學生隨著灰色的河聲浮起，再被褐色的水鬼拖了下去，魚在忘我的情節裡咬痛了記憶，儼然自己就是那說書人柳敬亭。

下課後，河的身世開始往其他班級流動，一半地理一半靈異，高個子和矮個子各講各的版本，讓好記性跟壞記性的耳朵分別聽去，有的粗有的細，忽而變鬆忽而變緊。我不知道故事裡的水鬼怎麼想，但河的生平倘若失去了水鬼的身影，勢必落寞許多，我決定在下一個版本增加他倆的戲份，撐破學生還很嫩的耳膜。

接著我給它編了另一個嚇人的身世。

因為懶，所以我沒有事先構想的習慣，通常是邊說邊想，看著學生的反應來變化情節。那天，我隨意設計了兩隻水鬼的對峙與對決，在河的中游兩敗俱傷，一男一女的鬼血，流成河的兩個顏色。至於當年我們那夥不知天高地厚的學童，則站在一個大霧乍起的傍晚河邊，每一株大樹都板起猙獰的鬼臉，魚腥從土裡冒出，風推倒其中一位瘦子還扯掉了他的書包和水壺……

希望河不會怪我，這絕對是善意的污衊。一條太單調的河不會在傳奇裡出現，一條沒有水鬼的河，總教人覺得差了那麼一點點。況且它是一條罕見的兩色河，就好像臉色左黑右白的傳奇人物鍾無豔，要是沒有那麼幾下子，沒有幾件轟轟烈烈的大事，豈不是浪費了這麼一張充滿潛力的怪臉。這河也一樣，兩色的身軀除了水鬼的決戰，我又想到增訂兩位河神，而且立場不同……

後來我給它編了第三個神鬼大戰的身世。

從一個作文班流動到另一個作文班，小學生們的耳朵一一變成蝴蝶，越變越大，不約而同的飛到我童年的河邊，緊貼著霧的腹部發聲，在河的身世裡考據最驚心的版本。總是有學生問起兩色河的名字和位置，我一向都用含糊的地理來回應，學外婆，把問題和答案搓成一糰，然後捏出一副沉溺在昔年霧裡的表情，心有餘悸地混過去。

其實我根本不知道這河的名字。

水鬼故事只可以用來唬唬小學生，高中以上就不太管用，同輩的友人大都不語怪力亂神。因此我不得不苦苦還原兩色河的身世，散掉霧，刪掉決鬥，抽掉過量的水鬼與河神之素描，企圖用記憶的慢火，燉出兩色河的原味。一如本文最早描述的童年版本。

問題是我該如何說服聽者，使他們深信這條河，果真有灰褐兩色並存的一截？

去年夏天，我回到那所規模依舊的老幼稚園。費了好大的一番口舌，園長婆婆才讓我穿過校園，穿過我沒有絲毫褪色的童年。我竟然清楚看見童年的我，率領著一隊忠心耿耿的小夥伴，端著午餐，頂著太陽，走到河邊的大樹底下，坐在七尺高的嶄新護欄前方，看看河勢，說說水鬼與河神。我走過去，偷偷聆聽我當年還很稚氣的嗓門，以及訴說著水鬼的聳動表情。我真的看到我自己，在河的下游，故事的起點。

雖然我長大了，可是膽囊還是當年的容量，號稱似豹子，其實只有紅棗般大小。兩岸的大樹都很冷漠，連一句問候的話也不肯多說，可能它們還在生氣我的故事，把這條平靜的河扭曲得鬼影幢幢。風，一直緊跟在背後，時不時搔弄我戰慄的髮根。

一路上都有前來尋奇的蝶，從中我隱約認出幾位學生的耳朵，大部分很陌生。可能這些年來河的身世流傳到別處，它們正是聽過其他在野版本的學童。如果有人從對岸遙望過來，就會有另一則水鬼故事在此時此地誕生，你不妨想像——身邊舞繞著上百隻蝴蝶的一個白衣男子，獨自走在樹影陰涼的河邊！假如那個驚慌過度的目擊者是個小學生，他會不會像我當年一樣，構想一個又一個河的身世，配上夜蝶和水鬼的凌晨版本？

我在想像與回憶的小徑上走著走著，終於抵達兩色的中游。灰色在左，褐色在右，瓜分著八個車道寬的河床。看！果真兩色分明，當年我們都沒有眼花，都不是亂講。潛意識裡擔心會突然起霧一如瞎編的故事，或驟然天陰，驟然冒出大量魚腥……。我快步再往上游走去，走到謎底的盡頭。正如我所料，那是兩條不同水色的河匯流成一條，灰色的河水可能是因為它流經白堊地質，而褐色的則剛好闖進紅土層，但兩河急湍的水勢匯流之後仍然不及融合為一，便成就了兩色河的奇景。

謎底太簡單，簡單得讓我有點失落，好像被事實架空了多年來編撰的水鬼故事。不過，真相本身卻更能支持每一個不同的版本，給它們一個不容辯駁的地理基礎。不管把故事掰得多誇張，可心裡卻踏踏實實地流動著，如假包換的一條兩色河。

輕輕摺疊，收好眼前的景象，我沿著不知名的河，沿著水鬼的情節，散步回去。走到那年我們停下來發呆的地點，彷彿看到五雙落荒而逃的鞋子，一族折返的蝶影，還有河把身世重新流動起來的浩大聲勢。

《聯合報・聯合副刊》一九九九年九月五日

木部十二劃

這個字，老喜歡跟童年糾葛在一起。

木部，十二劃；這個「樹」曾是我最討厭的生字。每寫一次就怨一次吳剛：為什麼他的巨斧不砍掉這些惱人的笨筆劃？不然還能怨誰呢？我的見聞還那麼瘦小，會砍樹的只認識吳剛。要知道這雜草般的生字，可是小手最大的夢魘，它還害我被豬頭老師罰抄，整整兩百遍。沒錯，我是故意把它簡寫成「村」的，誰叫它這麼難寫！

老師好不容易找出原因——我總是把左邊的「木」寫得很大，占半格，而且枝幹粗壯，儼然是上了年紀的老喬木；其餘筆劃變得好幼小，像吋短的豆苗苟活在地表，後來乾脆拔掉。為了此「樹」，老師在作業簿上澆了半升口水，我同時聽到兩種躍然紙上的呼聲：喬木得意地冷笑，豆苗在溺斃邊緣求饒。占半格的問題，我足足反省了一支冰淇淋的時間。我一點都沒錯！樹是大木，所以「樹」字的「木」旁一定要夠大。奇怪，老師怎麼想不通這道理。

學無止境的生字對我而言，等於一棵特大號的喬木，我是那有待進補的白蟻，六肢虛軟，觸角迷茫。張開成長中的複眼，我跟豆苗一起蹲在地表，仰望喬木的身軀，沿著說不上尺吋的根莖，仰望仰望再仰望，直到瘦了眼睛疼了頸項。就這樣，我被生字一筆一筆地揠苗助長，長成書生的呆模樣。

我討厭「樹」，是因為我喜歡樹。

樹，在我的作文和散文裡出現了好幾百次，有時說好只是露露臉，後來卻成為喧賓奪主的熱意象；有時很聽話，乖乖地佯裝成某個故事的冷背景，靜靜杵在字裡行間。我小時候也常常杵在樹蔭底下，聽風如何剽竊鳥語、如何丈量歲月。樹蔭涼快了我半個童年，所以每篇作文都飄進幾片樹葉。

葉飄如蝶，忽有丈長的鬍鬚穿過記憶，逗醒我怔怔的冥想。不是哪位高齡的老者，是那幾棵很嚇人的百年老榕樹。在還沒有鉅細靡遺、大規模地回憶童年之前，老榕樹們確實把記憶吃去很大的一片，不管如何峰迴路轉，筆尖終究會扯上幾撮嚇人的老鬍鬚。

可是我萬萬想不到，連土地公公也不知是哪個閒人，在這塊空地植下十幾棵榕樹。只聽說後來要鋪馬路，不得不請吳剛來砍掉八字較輕的幾棵。外婆很沒有把握的接著說：在媽媽出生那年，還剩下十一棵，數十年來先後被雷劈掉長相猙獰的兩棵妖榕……。這番說詞像狐狸，躡手躡腳走過我的耳膜。外婆常常唬我，等我嚇青了臉再哄回去，用童話，或新奇的玩具。該不該相信狐狸的小腳印呢？可惜外婆陳述榕樹野史的表情，我早已忘記。

但我還記得在榕樹底下乘涼的每個午後。

樹蔭把感覺裁成壁壘分明的兩個世界。蔭影之外，是灼熱的炎陽在烘烤所有移動或靜止的事物，熨平了馬路，煎軟了石墩，更設法燙傷我用來描述景象的詞藻。各種可能的創意都中暑了，每位作家在仲夏流下一樣的汗，記述一樣的豔陽天，統治大地的盡是火部的惡字眼。還有微焦的風，吹來一股燜感覺。所以躲在密不透光的老榕樹下，是最廉價的避暑方法。

別忘記，這是九棵巨大榕樹拼湊起來的，超大號的蔭涼。其間雖有陽光礙眼的小縫隙，但不礙事。色澤昏暗的影子是一張幸福的地圖，幾乎全村的閒人、土狗和賤鳥都會到此避暑兼聊天，於是樹下匯聚了不同物種的語言。把天聊得最起勁的是閒人俱樂部，其成員不外乎：小頑童、長舌婦、老骨頭。長舌婦手裡端著頑童的午飯，嘴裡應答著老人家，匙也掏掏，舌也滔滔；如此三位一體，彼此咀嚼著彼此的午後心情。

榕樹林是村民的記憶網絡，要是它們有好奇的耳朵，那聽進去的閒話勢必塞滿年輪，連半圈也轉不動。我構想過一則童話：榕樹林是一群道地的說書人，在螢火的時辰，透過晚蟬這快板，述說白晝聽來的，增補修訂後的家常。榕樹甲低聲提起——我和小夥伴們偷了一罐雜貨店的蝦餅，在它那像腳指的板根之間喫了半天，順便餵肥了饞嘴的胖麻雀；榕樹乙和榕樹丙唱起某對姦夫淫婦的反目大戲，相互指責，用難聽的語意、悅耳的方言；接著是榕樹丁的破產故事、榕樹戊的未婚生子……。榕樹的年輪是一部人類讀不懂的話本，即使成為紙漿，還繼續聆聽書寫者的心聲，或傳遞發言者的訊息。說書，是它不想告人的宿命。

其中一棵老榕樹長了顆古怪的瘤，遠看似金魚浮凸的蠢眼睛，近看又像水牛飯後的副產品。總之刺眼，後來它半推半就地擔任起我們的箭靶，所有自制的武器都往它身上招呼，像動了再動的超級手術。有一回我突發奇想——要是一手抓住根鬚，一手握著利器，學羅賓漢兼泰山，從這棵榕樹的外圍盪進來，一槍往靶心刺去！越想，越刺激。那是一個紀念屈原投江的中午，吃過阿倫他祖母裹的粽子，我們聚集在靶前作初步的沙盤推演。沒騙你，我隱約聽到瘤靶子顫抖的怪聲音，嘎啦嘎啦的，原來它也怕死。大夥眉飛色舞的比擬著刺靶大計，然後搬運高凳、物色韌鬚，再漆紅了靶心、並墊護可能撞擊和墜落的地方……。忙了一個小時，只等主角上場。

眼看餿主意逐步成形，我偷偷預想泰山和羅賓漢的威風。十歲的我爬上三呎方桌上的兩呎高凳，左手緊緊抓住榕樹的長鬚，任它喊疼、罵笨，反正我這回英雄是做定了。居高臨下，我總算清楚看到夥伴們崇拜不已的目光，那種瞳彩，唉，那種如同在等待神話英雄的瞳彩，真教人心醉，即使槍毀人亡也在所不惜啊——

眾望所歸的我，遂溢出歷史性的孤度。

時間在雙腳騰空之際停頓了一陣子，再緩緩滑動。跟電影裡靜止的畫面很相似，每一張崇拜的嘴巴呆住，加油的聲波形成氣狀的漣漪，一環一環地朝我叩拜過來。差點忘記應有的動作——拔槍，瞄準，刺殺。整個過程大約四秒：欣賞一秒的風景、一秒的表情，再愕去一秒，到了拔槍的第四秒，瘤靶子已近在眼前了。不過我還是不負眾望，連人帶槍一併擊中目標，同時被目標擊中。原來瘤靶子是一顆重量級的拳頭。如果不是早有防備，我肯定槍毀人亡了，不止是左腳挫傷而已。這件事成了歷久彌新的飯後笑話。

不過我那群有良心的夥伴可不這麼認為，他們覺得這是件很壯烈的事蹟，作文最高分的胖子當仁不讓地挺身而出，他說要發揮過人的修辭能力，用國中生才懂的文言文，寫一篇非常厲害的碑文來記載此事。結果他真的寫了，用刀，在樹瘤左邊刻字——「辛亥年端午，不世英雄〇〇〇，在此一擊」。當時他還很得意的解說了一番：辛亥年，是孫中山革命成功的年份，是一個威風的年份，用在這裡更能說明擊樹一事的偉大。五天之後，我們才知道天干地支的正確用法。不管怎樣，「辛亥」一詞雖然會誤導後人對此事的考據（萬一我成為偉人的話），但從中卻可看出胖子等人對我那份至高無上的崇敬。「他裹著石膏的殘軀，在樹蔭底下顯得十分悲壯，有一股風瀟瀟兮易水寒的感覺；我的整顆眼珠子，好像漂浮在淚湖上面。」若干年後，我在胖子發表在副刊上的一篇散文，讀到當時的自己。他沒有忘記那件事，只是把「英雄擊樹」改成「英雄撞樹」。

那天下午我很氣憤地捲起報紙，守在榕樹林的前端，等胖子回來。胖子到高三那年已經瘦了，但回家的路必得穿過事發地點。鐵青著臉，心中盤算久久的咒語，像一柄隨時出鞘的快刀，我一腳踏在榕樹浮起的青筋上面。「我昨天遭遇綠林大盜，他手操三呎番刀，一腳踏在寫著『納命來』的石墩上；風虎虎吹過，氣氛非常武俠……。我清楚感受到一千顆冷汗撐開毛孔，大規模地逃亡。」兩個月後，胖子又發表了以上的描述，還敢寄一份剪報給我！

除了胖子的散文，我多次在鄰居孩子的作文裡讀到榕樹林；從國小到高中，我陸續讀到一代代的孩子王，在統治、在發展一篇篇榕樹林的傳奇故事。相同的榕樹，不同的演出；從午後的頑皮遊戲、傍晚的長舌聚落、到子夜的靈異傳說。榕樹睜開懶洋洋的眼睛，又軟軟閉起。是的，千百種故事在樹蔭下演出，卻怎麼也跳不出這張涼爽的地圖。聽說某位新來的國小老師，對眾學子的作文發了一番牢騷，說什麼一天到晚都是樹，榕來松去的，未免太煩人了。樹，似乎成了老師們的夢魘。

想想也對。除了樹，難道我們沒有更值得記錄的事物？除了樹，童年就舉不出更盡興的玩具？難道，除了這片老得快成精的榕樹林，以及附近幾棵落單的松樹、兩叢觀音竹，作文就找不到其他更好的故事背景？

於是我把回憶逐格倒帶回來，然後假想——如果沒有榕樹林，我們這群不學無術的村民，會以什麼樣的形態來消磨時間？最先想到水部五劃的「河」。易寫，又好記的「河」，偏偏水濁不見魚，流勢又急如催命，當然不是一條人緣很好的流域。河的兩岸是讓頑童著迷的鵝卵石灘，但石太滑且多陷阱，每隔幾年就有孩子成為水鬼的收藏品；洗衣也不行，太濁的水質有股越洗越髒的土味；至於那群終日閒閒的老骨頭，即使再怎麼窮極無聊，也絕不肯跋涉兩哩到此釣魚。在河邊，我們的童年找不到聚集的理由，孩子的作文都不喜歡凶險的水聲。

太遠，太濁，太滑，太急。筆劃很少的「河」，絕對是一個被排除的地理。

山部五劃的「岩」呢？村口有數十塊由山壁崩落的花崗岩，大者如丘，小者如球。想想也不妥當。難不成叫老態龍鍾的長輩來攀岩？更難說服長舌婦頂著火部的字眼，跑到岩縫間話家常。要是任由孩子從岩頂野到岩底，在山部裡書寫一節陡峭的生命，那我們的童年足以成就一部琳瑯滿目的傷殘紀錄。我真不敢想像——萬一胖子失足夾進石縫裡的窘態，他可能在散文裡這麼自述：「在巨人齒縫間，我是那半條賴死不走的韭菜，塞得滿滿的，休想三兩下把我剔出來。除非你找來盤古，將齒縫闢寬……。」這必定是一個成天瘀血的童年。易寫，但凶險的「岩」，並非一個滋長得出生活情趣的好地點。

排除了五劃的岩堆與河水，只剩下田了。田部零劃，太單調的阡陌，只能吸引青蛙到此玩耍。

我不知道筆劃是否跟生活內容保持某種神祕的正比例。但那些筆劃太少的山水，確實無法架構起童年既豐饒又雜亂的記憶。唯有木部十二劃的「樹」，才能讓我從容地攤開、晾起微潮的歲月。榕樹之外，我們的村子還有幾十棵散布各處的喬木，知名或不知名的，像一個巨大厚實的胎盤，呵護著頑童的世界。我忍不住要下定論：火部的存在，是為了突顯木部的涼快價值；樹所以存在，為的是替童年添幾分神彩、替作文布置最立體的舞台。

於是我寫了一篇叫〈木部十二劃〉的散文，用這兩句話來結尾：「我喜歡樹，因為它可以簡寫成內涵豐富的村。」

《聯合報・聯合副刊》一九九九年九月十六日

從鬼

多年以後才發現，原來我是透過一本又一本的詞典，來認識不斷膨脹的世界。

乳牙帶給我咀嚼和咬詞的能力，一張八枚新齒的小嘴，盡咬一些意思不明的生字，滿嘴跌跌撞撞的讀音。這種曾經有詩人稱之為霧的嬰語，可真叫媽媽猜破了腦筋。跟其他小孩子一樣，我的兩顎與舌頭很努力將世界在讀音裡扶正，直到事物坐穩它們在語音裡的位置。讀音，是我解讀世界的第一把鑰匙。

剛開了一把鎖，卻有另一把在後面等著，這世界到底有多大呢？我毫無估算它的動機，反正每天都有新鮮的名詞等著我去認識，等著我去把它的名字牙牙地讀出。剛上幼稚園，眼前的事物即開始擁有自己的紋身，雖然筆劃跟樹枝同樣難看，但我真的聽見文字誕生時的歡呼，畢竟是我一筆一筆把它們寫出來的。才學了幾個生字我便到處塗鴉，常常因為明知故犯而被打；後來學乖了，塗在牆壁的最低海拔，除了路過的螞蟻、蟑螂，以及媽媽隨手揮舞的掃把，其他人類都不可能察覺。

上了小學，生字宛如河床沖積的淤泥，迅速淤積在習字簿裡，我很快失去塗鴉的興趣。課文的篇幅似瓜棚裡的南瓜日益肥大，剖開來又是一堆讀不懂又記不牢的怪筆劃，有些字連讀音都很難去聯想。我不得不學查字典。這可是一座沒有書店的小城，父親走遍了整片文化沙漠裡僅有的幾家文具行，好不容易買到一本印刷精美，還附圖表的學生字典。捧著這部文字的族譜，我津津有味地查了一個下午，令我感到新奇與迷惑的是「部首」這玩意兒。

部首，重燃我的熊熊字戀。

翻開部首索引，我看見好多漢字的內臟和肢體，譬如打字的手、陳字的耳朵、肥字的肉，當然還有一些完整的字型。老師曾經這麼比喻：部首是一群十分厲害的酋長，各別統治著他們的屬下，並且下令部屬將同樣的記號塗在身上，這樣大家才不會搞亂。這款說法很新鮮，我忍不住翻開魚部，果然！果然！我吃過、沒吃過和想吃的魚類——鮭、鯉、鯊、鯧、鯨、鰻、鱸——統統在此，牠們根據魚體結構的簡繁來排隊。接著我讀到眼花撩亂的金部，有兵器如鎗、有廚具如鑵、又有工具如鉗農具如鐮，十足一個聯營的鐵器兼兵工廠。像吃麵，我一條一條地吃掉隨文的解說，用胃去想像那些看不到的事物，或在遠洋深處，或在城堡林立的上古。世界在翻查中急速擴大，字典的厚度告訴我：還有太多還未讀到的東西在書頁裡躺著。

於是我變成讀字典的書蟲。

班上同學見識過我的識字能耐之後，我得到一個無敵的封號——字典王。替大家解說字義，竟成了字典王無比榮幸的下場。兒童節那天，同學們臨時起意決定考考我，先是金木水火土，再來是鹿鳥虫魚鼠，最後是零星的幾部。他們赫然發現——我解釋得最精彩的是鬼部。鉅細靡遺，好比一隻野鬼在介紹同類的迷離身世，語氣裡隱隱有青煙交織。

是的，鬼，就像一個懂得拚命張牙舞爪的生字，一下就被我的好奇從字典挖掘出來。我一向怕鬼，每次問媽媽有關鬼的構造與細節，她老是恐嚇我：再問，再問今晚鬼就出來找你。悄然成形的問號，似魚鉤，牢牢鉤住我欲言又止的上唇。我只好從電影裡歸納鬼的內容——人死後變鬼、透明的靈魂、沒有腳、會穿牆、會飄、無孔不入……

其實字典到手當天，第三個查勘對象即是鬼部。令我非常失望的是，只解釋了一句：人死後的靈魂。我速速瀏覽了含本字在內的十六隻鬼——鬼魁魂魄魅魃魈魋魍魎魏魑魔魕魘魙。鬼族的規模真的很小，除了幾隻冒牌貨，大部分是山裡的妖精，對我這個長年住在小城的孩子而言，必須借助聊齋故事來驅動腦袋，才能想像出山魈、石魍、樹魑的嚇人形態。我對鬼的理解根本就是經由文人描述的語彙和慣用的書寫邏輯，所組構起來的鬼怪世界。可是我的鬼，豈能侷限在字典那簡陋的說明裡面！為了探究鬼的生態結構，我巧立名目，豎起對生字和新詞的求知大旗；此計果然感動了父親，他又花了半天去物色一部磚塊大小的詞典。

詞典，成為我知識晉級的台階。

從字典王到詞典王，班上同學明顯意識到彼此間的智慧距離。小六那年，背詞典之風因我而大盛；為了寶座，我日以繼夜不斷啃詞典，以擊退接踵而來的挑戰者。從一個單字到一串相關的詞，我的世界越來越大，也越來越空洞與陌生。總是有一些古怪的名詞，在界說不可思議的事物；最令我百思不解的是平時說話的語彙，為何遠不及詞典裡記載的精彩，究竟是我們弄丟了那群冷僻的詞，還是它們自閉在生活之外？或者它們根本不存在？我靠詞典讀回來的世界，有幾成是真實的？尤其鬼部的成員，此刻他們是否飄忽在我身邊？會不會只舞爪在詞典裡面？

我的生活被詞典的戰爭鑽成一支牛角，很尖很尖。

直到升上國中，這場無聊的競技才結束。我對數理的思考能力低人一等，不得不把詞典收起來，專心去演算百無聊賴的習題。儘管除了詞典之外，還有令人欣喜若狂的超大型詞海，以及各種大百科，但那不是凡人啃得動的巨冊。詞典王到此自動夭折，在詞海的岸邊化成安分的貝殼，回歸到大百科的條目裡去。

也許是宿命吧，我誤打誤撞的考上中文系。如果把我對字典和詞典的迷戀，比喻成大麻和白粉引發的毒癮，那說文解字便是一公斤高純度的海洛英。

我被許慎的解字之術，死死地迷住。

小篆是漢字的童年，比甲骨金文的嬰兒期晚一點點。童年的行徑是比較不可理喻的，固執，任性，有些聲符實在猜不透，乍看是散步的飛禽，瞧仔細了卻是走獸的背影。許慎在進行一場前無古人的大猜謎，他的謎底洩露了大量漢字的小祕密。我翻到鬼部，所有跟鬼相關的字都「從鬼」，由鬼這個大酋長親自領隊。原來鬼的脖子上頂著個似田非田的醜陋大頭，跟我童年想像的不一樣；看來在造字的時代，鬼已經是惹人討厭的醜東西，尤其臉部一定有縱橫的刀疤，或猙獰的表情。也許可以構成一種巫祝的文化吧，如果有人將歷代的幽靈召回來詳加考據。那魂呢？魂字被解釋成令我眼睛為之一亮的「從鬼，云聲」。

云聲，難道是雲在風中移動的聲響？好一句「從鬼，云聲」。

我不禁想起每個看過鬼片的夜晚，失眠的耳蝸管常常把聲音誇大，削尖，磨利，再拉長！從童年到壯年都一直如此。我的想像，會主動替寂靜的房子配樂，木質的櫥櫃不時傳出古怪的夢囈，打算喚醒某些被封印千年的老精靈；我長不大的恐懼，躲在膽囊兩側探頭，朝著異聲的來源悄悄豎耳。佛呢？我佛在信仰的邊陲靜靜佇立，不視不聽不動不語，說是太遠，而且又是微不足道的幻想事件。偏偏有風在窗外搬弄著布袋戲，樹和莫名的影子是奸角在排練劇情。多風的小城本來就適合鬼怪氣氛的萌生，雲的移動扭曲了天空單純的內容，成就了我印象中的鬼魂。

在一切從鬼的云聲中，我渡過無數失眠的夜晚，硬撐到天色微亮才草草入睡。

我從故事書和外婆逼真的形容裡得知，靈魂有雲的質地，白白一團，正好在魄字中得到印證——「從鬼，白聲」。中文系的老師皆把白字唸成入聲，跟怕字的唸法差不多，這個讀法讓我得以進一步推想：魄字的讀音裡似乎包含了白和怕的音義，所以造字者必定目睹了一隻白色的魂，用害怕的筆劃將它的形聲記錄成魄。不管是白色或彩色的魄，我都沒見過，尤其搬離外婆那間舊房子後，機會更不多了。

舊房子，每件事物都有厚厚一層情感的蛛網罩著。白蟻在木板牆的夾層中享受牠們的天倫，我們在木製的歲月裡渾然不覺地作息，直到房子撐不住身子骨，用咳嗽提醒外公它隱瞞多年的病情。白蟻專家才花半小時即鑑定出結果，我們一是搬家，一是成為它的陪葬品。記憶一節節搬運，家具逐件逐件處理；該丟的丟，能留的留，其中最難取捨的是曾祖母遺留下來的一張原木梳妝台。

逾百年的木齡加上秀氣的結構，宛如晚清遺老過時的叮嚀，輕輕頂撞就碎掉它的元神。

我一直視它為舊房子裡的老妖精，如同許慎所解的魅字——「從鬼，未聲」。他很精確地指出：此乃「老物之精也」。不過魅的本字寫得遠比楷書更傳神——鬽那個古怪的彡，沒有讀音，只有令人毛骨悚然的含意，竟然是一撮鬼毛！人老長鬚，物老長毛。難道長毛乃老物成精的表徵之一？另一個同義的魅字，看來是在否定一些我們對鬼怪妖精的成見，很多「未知」的東西「未必」就如我們認定的那般惡劣。然而形同昧字的讀音，又在暗示誰的愚昧呢？

許慎超凡的想像力，把我推回二十年前的某個深夜。

那個年頭常常停電，尤其雷雨前的炎熱夜晚，全城超額用電的結果就是全城沒電可用。外婆在每個角落點亮蠟燭，行走的人影在牆上變化著形狀和尺寸，影子是光替物體隨意謄抄的副本，經常走樣成陌生的圖騰。當晚我睡在較涼快的二樓客廳，梳妝台就擺在樓梯上來的正前方，枕頭的五點鐘方向，我可以清楚看到上樓的人影。媽媽曾告誡我深夜莫照鏡，以免瞧見不該看到的髒東西。該不會在影射那面古鏡吧！只聽過修練千年的蛇妖與狐精，從沒想過古鏡也會成精的，儘管某些部位長出毛茸茸的霉菌，懸掛兩三條蜘蛛的絲巾。

想著想著，突然有一團烏黑的人影浮現鏡中，我可沒聽到上樓的步聲。啞口無言的樓梯板子是否嚇呆了？我趕緊轉過身子，用涼被把頭蒙得密密的。耳膜緊繃如鼓，草木皆兵，在冷汗與熱汗的拉鋸中淺淺睡去。後來證實那是我的誤判，原來是晚歸的舅舅輕聲上樓，以免吵到我們。可是梳妝台已成為我日後惡夢的重要布景。許慎解魅的角度，進一步顯微了我的回憶，其實老房子四周長滿了大樹和灌木，有一股不可言說的陰氣。老物長毛則成精，必然是古人辛苦歸納出來的道理。

後來我到大學教書，從千篇一律的作文，我發現學生慣用和風、雨相關的詞彙，來調整夜的內容，獨特的部首悄悄統治著特定的主題。從雨、從水、從山，幾乎可以砌出一幅山居歲月；從心、從手、從足，即是一則動人的故事。

我偶爾跟學生提到說文解字之術，談到從鬼之屬，十來個單字，組合成數十種聳動的詞。最遺憾的是說文找不到魔字，根據造字的法則，一定是「從鬼，麻聲」，麻字得讀成摩聲。鬼令人生畏，魔則使人心臟麻痺，好像有利爪壓著顱骨來回磨擦。

「凡是『從鬼』的字，皆內有文章」，我的結論如磷火，附在他們角膜上發光。

《中國時報・人間副刊》一九九九年十月

卷二 垂立如小樹無風

垂立如小樹無風

佛前，媽媽合十的手掌產生一股肅穆的力量，我垂立如無風的小樹。

從小就以為雙掌合十是禮佛的公式，好比在走廊遇見校長就得收起嘻皮端上笑臉，恭恭敬敬地問好。不管討不討厭，他畢竟是力量的象徵，祂也是。年幼的我並非那種勇於反抗權威的孩子，通常靜靜垂立在旁，如小樹在無風的傍晚。

祂給我最初的印象是：殘酷。大慈大悲的佛不但殘酷而且無情，否則祂管轄的人間怎麼會有那麼多的悲劇，否則我妹妹不會草草蒸餾成一顆媽媽眼角的淚。

妹妹的早逝對年幼無知的我而言，影響不大，不過少了一個玩伴，沒法子再上演牛仔和紅番的廝殺，滿膛子彈的玩具手槍遺失了追擊的靶，原本鬧哄哄的房子登時安靜下來。如同夏夜驟然徹退所有的蟬。妹妹搬到佛寺去住了，那裡離天堂最近——外婆試圖向六歲的我說明她的消逝和去處。媽媽的悲慟彷如大海之暗流，洶湧，散亂，卻堅持不起波瀾。

印象中她一直在尋找原因，無病無痛的妹妹何以突然過世的原因。我佛「慈悲」，終算透過法師之口，給她一個不得不接受的答案，說什麼前世的緣分未盡，故今生前來當她五年的女兒，緣盡就走了。有些東西不是說盡就盡，不像燈燃燈滅那般輕鬆，親情乃出家人智慧的最大缺口，不懂就是不懂。媽媽遂把所有的烏雲濃縮，封妥，存放心中。

每個星期天，我們一家三口都到廟裡祭拜妹妹。那是一座南傳佛教的寺廟，寺內有一尊大得令人吃不消的臥佛，從肩到地，高約兩樓，橫臥的身長則接近十部車子；祂的體積拓寬了我的瞳孔和敬畏，也膨脹了媽媽的信仰。仔細乘除一番，竟有七八百個骨灰罈圍繞在佛像的頭部、背部和腳部，成一扁平的ㄇ型。妹妹蹲在光線比較明亮的腳部，靠近一扇常有蝸牛爬行的側門。媽媽選了一個有彩繪的漂亮罈子，還有那張蹲在花叢前面的近照；感覺上，妹妹在罈裡依舊蹲著，時間靜止的背面開滿了花。

媽媽總是帶很多水果和鮮花來看她，跟她說話，想知道她近來過得好不好。兩枚當作筊杯使用的硬幣，在綠色的水泥地上傳送著密碼，我知道，她們真的談了好多好多。有時還請寺裡的和尚來誦一部經，不知是泰語或梵唱，雖不懂，但悅耳的經文讓人心靜，灑在臉上肩上的甘露很是清涼。

和尚大多來自暹羅，除了泰語和英語，還會講福建話。有一位長得像迦葉尊者的長老，每隔幾個月就來看看媽媽和外婆，佛法從此踏進我家大門。菩薩把妹妹帶走，自己卻住了進來，難道這也是命運的安排？媽媽跪在菩薩跟前誦經的神情，洋溢著一股祥和之氣，她知道最疼惜的女兒並沒有消失，只是遠離人世，在觀音菩薩指引之下修行去了。妹妹永遠活著，永遠是那張蹲在花前的五歲容顏。

兩個隨後出生的弟弟顯然無法遞補妹妹的位置，男生較皮，講不聽，又鐵齒，媽媽的神佛信仰並沒有得到咱們父子的認同，常被譏為迷信。她照舊每天誦經拜佛，早晚燒香，佛像和牆壁都被檀香燻得油黃。菩薩每次都在嗎？人間這麼多神像和祈禱，祂能分身如齊天大聖嗎？誰都沒有見過菩薩的真身，又怎能確定祂的存在？如是我問。小孩子不懂別亂說話，如是她答。

我從不相信神佛的存在，直到腳軟事件的發生。忘了是哪一年的事，可能還在念小學，有一天突然腳軟，像章魚一樣虛無乏力，怎麼站都站不起來，尋遍名醫也不見效。後來媽媽把我帶到一間蓋在岩洞裡的道觀裡去拜拜，那位神通廣大的神婆，竟然把《西遊記》裡的太上老道從西天召了下來，祂講了一堆莫名其妙的因由，然後對我說：過來。我居然不由自主地走了過去！唉，不爭氣的腳。我竟然被自己的神蹟收編到迷信的行列裡去，自此，媽媽一旦遇上疑難雜症就求神問佛去了。不必考據就很清楚，道教之所以能在咱們家裡插上一面遮天掩地的大旗，我當是禍首無疑。

正所謂法力無邊，人間病痛都在神的治理範圍內，如仙如魅的一行朱砂行草，在黃色的符面上擺開架勢，幾句急急如律令，各種小病小痛皆能符到根除。多簡易的手續，難怪符籙派能壓倒丹鼎派成為道教的主流。媽媽對燒符另有一番見解，首先得正名為「化符」，若打算服食，則需調配一杯鹽水來抵消火氣和碳味，挺好喝的。每逢我要出門旅行，她便讓我帶上一張平安符，不用看，必是一些急急如律令的神言神語。

高二那年跟同學去金馬崙山上渡假，也帶了一張，她說山林野外不太乾淨，遇到危險記得念阿彌陀佛，佛會保佑你的。本來也不怎麼放在心上，可一路上霧氣瀰漫，山道粗魯迴轉，旅遊車沿著懸崖外側喘噓噓地攀爬，心中不自覺地念起阿彌陀佛，真希望佛在車外穩穩護著。阿彌陀佛在我需要祂的時候，真的會出現嗎？還是寧可信其有，我漸漸學會去相信祂的力量，和媽媽的信仰。

準備遠赴台灣念大學的前一段日子，媽媽替我準備了足以隱居半年的物資，怕我水土不服，怕我坐飛機危險，又怕我這個那個。後來她裝了半瓶水，教我到台灣之後摻上半瓶異鄉的水喝下，以免水土不服；還給我一個笑得十分開心的彌勒佛墜子，說是保佑我出入平安。不管彌勒佛是否全天候駐守在玉墜子裡面，每當我從夜深人靜的台大校園，獨自騎腳踏車返回宿舍的時候，都堅信祂的存在。尤其農曆七月，佛乃壯膽的不二聖品。

後來彌勒墜子不小心遺失了，馬上寄信回家叫媽媽再寄一個來。幾天後，我從一封滿紙叮囑的長信中取出新的彌勒墜子。離家千里之後，我才真正了解媽媽的內心世界，從兩三頁的來信中得知她對事物的想法，尤其被親友視為迷信的感受，她身處一個遺世而獨立的信仰世界，我必須成為最忠實的回聲。她不時跟我聊起妹妹，有一位神婆會按時向她報告妹妹的近況，都是好消息。從字裡行間可以強烈感受到媽媽的歡喜，畢竟那是她今生唯一的女兒，無法親自呵護成長的女兒。她高興就好，其他的根本不重要。

宗教，是她解釋人間百態的方式，燒香、拜佛，日夜誦經為的是我們一家五口和親友們的平安。祈福的效用是無從評量的。媽媽沒有逛街消費的習慣，成天料理那些枯燥的家務，我光想就覺得無聊；其實誦誦經拜拜佛沒什麼不好，甚至可以當作生活的重心。我在信中全力支持她，對那些譏諷媽媽迷信的親友感到氣憤，我相信她所做的一切都是好的，都是對的。我佛慈悲，媽媽也一樣。

她在信中常提到「蓮勝堂」，大小法會都去幫忙。老主持病倒之後，由一位年輕的比丘尼掌理寺務。她從小被老主持領養回來，花了多年苦心才栽培成材。小時候我們就認識，但印象模糊，後來她到佛光山進修了一段日子，企圖全面提升蓮勝堂的宗教水平，媽媽和一群老主持的老信徒遂成了她的左右手。大夥一起誦經念佛，一起募款捐助殘障機關，除了不可避免的法會，還舉辦一些研讀佛典的課程和演講。有一次我打電話回家，爸爸說她當「掌門」去了。其實是主持到外地辦事，剩下老幼殘兵，媽媽便去佛堂坐鎮。後來蓮勝堂改制成「妙覺林」，更成為她生活的重心。佛法完全癒合了妹妹留下的傷口，日子也越來越充實，後來還當上新殿落成典禮的司儀。她總在電話裡興高采烈地敘說最近的功課和活動，聽了，也替她高興。當然，她免不了叮嚀我要常常念經。

外婆往生前夕，媽媽和大舅舅在床邊念了無數的佛經，從外婆安祥的神情，我體悟到佛法的力量。她還跟外婆說：孩子都長成了，孫子都很上進，沒有什麼要擔心的事，千萬要放下心中所有的牽掛，如果睡夢中看到菩薩，就跟祂去吧……。強忍著淚，我靜靜聆聽媽媽對外婆所說的話，心臟像一具木魚被軟軟地敲打，久久，不能言語。

這時候，再大的財富、再高的學歷也是虛幻的廢物，只有形而上的精神力量可以消除臨終的茫然、恐懼，和痛。媽媽開始誦經之際，房間裡所有起伏的情緒統統歸零，一種絕對的寧靜，我在一旁垂立如小樹，內心迴盪著金剛經的字句。佛在，佛真的存在於斗室之內，祂正緩緩伸出巨手，把外婆安祥地接走。

不哭，不准哭。媽媽和大舅舅接力誦經八小時，外婆的遺容居然還原到臥病之前的模樣，不是神蹟，她的身子依舊紅潤柔軟，腳底尚有餘溫，連殯儀館派來處理後事的老伙計也嘖嘖稱奇。媽媽說外婆被佛接走了，該高興才對。外婆和她相處了六十年，說走就走了，她居然放得下，更讓外婆把人世間的一切牽掛統統放下。我赫然發現：媽媽的內心有一股力量，和不凡的智慧，彷彿再次看到暹羅佛寺裡的巨大臥佛，媽媽的背影讓我變得好渺小，好驕傲。

後來我察覺到媽媽念經的角度和深度跟以前不一樣，她很努力研讀經文的含義，不時從妙覺林借書回來看，撇開神蹟不說，誦經者本該讀懂經文的大意。其實我挺喜歡佛學，尤其印度原始佛教的論述，那種創始的知識真的很迷人。前幾年擔任普門雜誌社的編輯，在基隆極樂寺住了大半年，每天正式上班前就得跟大夥一起念經，下班後就研讀各種佛學論述。但我慧根不足，遲遲未能皈依我佛。反正佛在心中，就好了。

千禧年六月，她和爸爸來參加我的畢業典禮。當我上台領取博士證書時，不知道她會不會想起妹妹，小時候比我聰明的妹妹如果健在，應該會念到博士。在典禮進行中，我回想起十二年前離家來台之際，老怕我水土不服的媽媽，替我準備了一大箱衣物；以及對我期望很大的爸爸，他自從三十三年前政大畢業後就沒有來過台灣。接著又想起生前最疼我的外公外婆，想起台北第一個冬天，和台大第一節，不知不覺離家十二年了，整整十二年……

隔天早上，媽媽在我家的小佛堂念經，菩薩全醒了，縷縷檀香像龍一樣盤踞天花板。我遠遠站在走廊的盡頭，不敢擾亂經的頻率，僅如無風的小樹靜靜垂立。

《自由時報‧自由副刊》二〇〇二年五月二日

句號後面

外婆一再提醒我：句號就是結束，句號後面沒有東西。

老師沒有清楚告訴我們如何造句，只說要努力想一件事情，把題目包含在裡面，寫完就加上一個句號。我的構想往往長篇大幅，情節一個接一個，寫得不亦樂乎，一個句號根本不夠用。況且剛升小一的我實在搞不清楚逗號和句號的差別，反正高興句號就句號，老師很是頭疼。陪我寫作業的外婆也察覺到問題，便提出這個「後面沒有東西」的大原則。為什麼用它來結尾呢？圓圓的句號真能圈住所有東西嗎？邊說我邊把句號畫大一點。外婆說門鎖不必很大，照樣把門給鎖住。原來句號就是門鎖，把屬於句子裡面的東西，統統鎖在裡面。

除了造句可以帶來編故事的快感之外，其他作業令人心煩，我尤其排斥書法。連寫個字都那麼講究，什麼顏真卿柳公權，簡直無聊透頂，我幹嘛要學他們寫的字！這就苦了身負陪讀之大任的外婆。外婆出身大家族，讀過中學，可她滿腦子的漢字主要用來看報紙，尤其每天連載的金庸和梁羽生的武俠小說，一招一式細讀慢嚼，看到差點忘記煮飯。外婆好像也不怎麼喜歡書法，為了鼓勵我，她居然端出小金魚當獎品——不管美醜，只要寫完一頁就贈魚一尾。這個餿獎勵算是解決了我對書法的抗拒，想到一本小楷兌換一缸金魚，滿紙的笨楷書登時變成願者上鉤的肥蚯蚓。

每個禮拜天清晨，外公開車送外婆和我到菜市場去大採購，她買魚買肉買菜，我買小金魚和玩具手槍，然後祖孫兩人坐三輪車回家。一袋小金魚懸掛在車篷旁邊，晃啊晃，魚鱗調製出橘色的陽光。小金魚純粹是用來擺平我這隻小魔鬼的，外婆比較關心籃子裡的菜，那是她和媽媽在未來七天的烹飪大計，相較之下真正豐收的是外婆，不是我。坐三輪車的感覺很棒，手動的遮陽篷、會喘氣的速度、慢條斯理的景物；偶有機靈的流浪狗跟上來，立刻被車夫粗魯的福建話轟走。外婆跟車夫們很熟，車資總是多給兩成，所以每次我們從市場出來，迎面的全是熱烘烘的招呼和笑容。

外婆說我寫作業的速度跟三輪車差不多，慢吞吞的，整整七個星期的年假居然玩掉六個星期，到最後幾天才開工，結果是一邊羨慕公園裡的玩伴，一邊哭，哭那疊永遠寫不完的作業簿。花了半個下午才寫了兩頁小楷，還有二十八頁的空白；排在小楷後面的是數學、英文和馬來文生字。我能不哭嗎？於是外婆哄我到看不見公園景色的二樓後房，面對沒有表情的木板工廠，專心寫字。眼看真的來不及了，她便跟我一起趴在木質樓板上，我用鉛筆寫生字，她用自來墨水的毛筆寫小楷。一老一少趴了七天七夜，合力把作業解決了，一個苦難的學年在此畫上破涕為笑的句號。

我那上百尾金魚經不起頻頻搬家的辛勞，也畫上了句號。我常用手把不同顏色的金魚搬來搬去，換換環境，順便旅行；沒想到牠們這麼不耐活，虧我每天餵上好幾頓呢！外婆不得不嚴詞恐嚇：玩死這麼多金魚將來可能要下地獄。但她表情太過慈祥，我非但不怕，還說要報告閻王是外婆教我如何用手抓魚，而且魚全是她買的。你真是個壞孩子啊，外婆猛搖頭，她真的不知道該說我是寵而不壞的上帝，或者惡魔。不過小金魚可沒白死，二十年後我把牠們統統寫進一首叫〈繼續打聽〉的詩。魚死留名，值！

外婆是我童年最要好的玩伴，有求必應，跟阿拉丁的神燈沒什麼兩樣。我迷上西部牛仔電影，她便給我買了幾套玩具手槍，足以籌組一支勁旅；我羨慕同學豐盛的便當，她就一大清早起來為我準備椰漿飯，配上咖哩小江魚即成了頂級的午餐；每天傍晚我們一起在庭院盪鞦韆，聽完「麗的呼聲」廣播的鬼故事，踏著月光到巷口的茶室去喝可樂。更重要的是外婆幫我寫假期作業，還擔任闖禍時的擋箭牌。有一次我跟媽媽送外婆到佛寺去念經時，發現彌勒佛長得有點像外婆，圓圓的，很有福氣的樣子。彌勒佛呵護著芸芸眾生，外婆呵護我一個外孫。如果有一題叫「彌勒」的造句，依照我的惡習，我會先寫上一長串的例子和感受，最後才在句號之前總結：「外婆是我一個人的彌勒」。

不過外婆在家裡供奉的是觀音菩薩，每天早上她坐在小客廳裡閉目念經，我問她今天菩薩有來嗎？剛才跟菩薩說了些什麼呢？真的有齊天大聖和南天門？二郎神最近在做什麼？外婆笑笑，說等她以後升天了再回來告訴我。

野孩子般的童年在搬離外婆家之後，畫下不捨的句號，一段自由快活的歲月，遂封鎖在以「童年」為題的綿長造句裡面。新的社區離外婆家不遠，每隔一兩天我們都會回去看她，話家常，吃宵夜。只要門外響起叉燒包的叫賣聲，外婆便興高采烈地把攤子喊住，老闆賣的超級大肉包可不是蓋的，近十種餡料調理出極佳的口感和風味，一個就滿足了。我們一大家子十幾口都是饕餮，總是找到吃大餐的理由，從接風歡送中彩票到生日，都能大魚大肉一番。外婆的生日比我晚兩天，我們每年一起慶生一起許願；我猜外婆許的願一定是「永遠不會老」，不然就是偷偷吃了仙丹。

人老到某個程度果真會暫停衰老。在長達十年的歲月中，時間似乎在她身上停了下來，好讓她以同樣的福態和慈祥見證十個孫子的成長。我終於到了離鄉背井的年齡，沒想到當年一走，就是漫長的別離。這是一個很結實的句號，把珍貴的時光全鎖在怡保老家，台北的生活已經是另一個題目。雖然我每一兩年會回去一次，十年下來，在家的時間總計不到半載。外婆還是老樣子，只不過她得去勞神最小卻最過動的孫女。她跟外婆沒有共享過三輪車的歲月，沒有小金魚，沒有鬼故事和詩；但她很黏人，又很誘疼，有好東西都會分給外婆吃。我不知道她是寵而不壞的天使或者女巫，有了她親暱的糾纏，外婆的晚年過得像彌勒佛一樣。我知道，外婆已經不是我一人獨享的彌勒。

時間在外婆身上再度啟動，像一個句號從覆雪的山腰急滾而下，越滾越大，一轉眼便聽說外婆摔了一跤，腳力變差了，成天坐在椅子上。過一些日子媽媽打電話來說外婆身體機能急速衰老，失了胃口，沒了聲音，叫我什麼時候趕回去看看她老人家。才訂好機票，媽媽又說外婆不行了，只撐著一口氣，她在等我回去。我彷彿從電話裡聽到外婆遙遠且易碎的話聲。

外婆在等我，像一個接近完成的句子等待必然的句號。

兩天後我從台北回到怡保老家，才跨入房門就怔住了——那真是我的外婆嗎？床上半躺半坐的嶙峋瘦骨，連喚我的力氣都沒有了。怎麼會這樣！外婆明明跟彌勒一樣福態慈祥，才半年，那些氣血肌理都到哪去了！「阿嬷」兩字卡在喉嚨，費了好幾秒鐘才爬了出來，爬過虛弱的呼吸和被子，爬過死神布下的不敗陣法，我難過的顫音牽動了外婆的手指，二姨從抽屜取出新年紅包塞到外婆手裡。我結婚時外婆用喜悅的手，給我好大的一封紅包，我是她第一個娶媳婦的孫子。我們家裡有個奇特的習俗：不論結婚與否，每逢新年外公外婆都會派紅包。這，是最後一封。

失去行動能力的外婆變得異常沉重，兩人合力才抬得動。媽媽、二姨、三舅母和印傭四人輪流照顧，居住在外埠的兩位舅母和兩位姨婆也不時來幫忙。家裡很熱鬧，二姨企圖用熱絡的氣氛來激勵大夥兒和外婆，她相信奇蹟，她故意忘記再長的句子總有終了的時候，她故意忘記……。我在紛亂的話聲中緊握外婆的手，這雙曾經教我抓小金魚、代我寫過毛筆字的手，它終於要放下菜籃子了，時間的三輪車早把小金魚和造句的歲月，載到極遠極遠的日子之前。我有太多太多的話，卻淤塞在喉嚨，外婆軟軟地握了握我的手。

接下來幾天，探病的親友多得眼花撩亂。遠方的親戚結伴而來，幾部車子載來一大屋子的親情，我認出家境較清寒的幾位，外婆身體還不錯的時候，每年都到鄉下去探望他們，窮鄉僻壤，簡陋的房子卻有無比堅實的熱情。我永遠記得他們歡欣的語氣、尊敬的眼神，輩分最高的外婆儼然是德高望重的族長，來關心她的族人，而我是最雀躍的小跟班。還有幾位童年老家的鄰居，外婆搬家之後已經有好幾年沒有來往，他們間接聽說外婆垂危，統統趕來了，帶著回憶與關心，在斗室裡聊起當年的趣事和近況。外婆無法言語，只能以模糊的喉音和手勢對答，媽媽和二姨在旁「翻譯」，她眼神既高興又哀傷。她知道，這是最後一面了。能來的都來了，同樣年老行動不便的故友也來電問候，每位親友皆留下一顆晶瑩剔透的句號，像晨露，又像念珠，逐一串起便成了她這輩子的最珍貴的積蓄。

回家的第四天晚上，我和媽媽去守護外婆，她不時因口渴而醒來，喝過水，若有所思地望著天花板；我們沒有打擾她，說不定外婆正在梳理一輩子的記憶：遺留在福建的童年、與外公邂逅的美麗情節、五個孩子的成長故事、十個寵而不壞的孫子……。這時候我才發現我對外婆的了解是片面的，只知道跟我交集的片段，其他部分統統空白。「一生」這個詞，遠遠超出我的感受和體驗，但外婆的一生即將在這斗室裡終結，讓一個句號把三萬個日子封藏在裡面。外婆在病榻上日等夜等的，即是這個句號。

媽媽念經安撫她入睡，不斷告訴她：如果在睡夢中看到觀音菩薩，就跟祂去吧，不要有任何牽掛。外婆點點頭，眼角掛了一顆祥和的淚，靜靜入睡。菩薩啊菩薩，什麼時候才願意把外婆接走？我數著念珠，嘴裡用低迴的佛號，心底用宏亮的聲音反覆祈禱。

我相信，菩薩在選擇最適當的時機。

火化之後，外婆住進一個渾圓的罈子，跟外公緊緊靠在一起，妹妹則蹲在他們左邊十步之遙，或許每個傍晚他們會牽著妹妹的手，到這座南傳佛寺的周遭走走，就像牽著我的童年。妹妹的早夭讓我獨占了外公和外婆，如今輪到她了，外婆會不會買更多的小金魚給她？外公會不會每天帶她去看電影去逛街，去吃燒賣和炒麵？我的童年在很遙遠的時間之前就畫上句號，她的童年卻剛剛開始……

我常跟怡雯在睡前談起像節慶一樣的童年：跟彌勒一樣的外婆和像將軍的外公、三輪車上的小金魚和風景、院子裡的鞦韆和鬼故事、新年的煙火和舞獅……，這一切皆封存在一個甜美的句號之前。很近，又很遠。不過外婆說錯了一點，句號後面的東西其實比前面更多，多了隨著年齡倍增的懷念。

《聯合文學》二〇〇二年五月

將軍

記憶的組件一一拆卸下來，才發現，是那枚勳章啟動了我幼稚的軍國夢想。

那是沙漠之狐隆美爾元帥的勳章，懸掛在無比英挺的黑色軍服上，象牙色的質地，精確地詮釋著「一將功成萬骨枯」的定律。在我區區十歲的軍國夢境當中，戰爭有著極為迷人的內容，尤其第二次世界大戰的德軍，不管是北非軍團或東歐勁旅，從造型科幻的鋼盔、線條典雅的魯格手槍，到肌肉賁張的虎式坦克，拼貼起來即是一幅充滿力量和美感的戰地風景。彷彿所有的殺戮都不見血腥，我把「毀滅」看作兩軍將領的戰略遊戲，「死亡」乃英雄口袋裡啷噹作響的籌碼；什麼「血流成河」、「家破人亡」僅僅是一句不痛又不癢的軟成語，點綴著一部又一部的大電影。隆美爾和他的象牙色勳章，不，應該說是狐腋色的勳章，出沒在我疲於想像的沙暴中央。

電影的魅力比沙暴更沙暴，無從閃避，不可招架。看電影是童年最大的娛樂，一旦有新片上映，我就設法將外公從電話的另一端扯過來。其實外公不好找，在那個沒有手機的年代，他又常常如世外高人雲遊於學校、會館、餐廳、百貨公司之間。如果行蹤飄忽的外公能瘦上十斤八斤，再矮個三五吋，添一綹山羊鬍子，便是活脫脫的仙鶴道長了。不過外公筆挺的身型比較像軍人（或者一株行走的杉樹），眉宇之間有一股不怒而威的氣度，讓人感覺他是一頭和藹可親的老虎。有時忍不住把外公幻想成東方的隆美爾，給他一支不用睡覺的大軍，一列剛把油滿上的坦克，便成了如假包換的戰地英豪。

那是多麼令人振奮的事啊，如果在歷史課本和電影中看到戰神一樣的外公。

幸好外公既不是戰神，也不是道長，所以最後還是把外公給找來了，來充實這個唯我獨寵的童年。他老人家開著那部坐起來很舒適的馬自達轎車，沿途拋下滿車滿腦的雜務，來到我家門口，不必按喇叭，從那運轉得十分紳士的引擎聲，即能辨識。然後咱們靜悄悄出門。之所以靜悄悄，乃因為弟弟們都太小，看不懂卻又愛湊熱鬧，為了不浪費電影票，咱們祖孫兩人通常偽稱要去福建會館或到學校去辦事，然後一溜煙就不見了。留下兩隻反應不及的小鬼。我們幾乎看過每一部在怡保上映的戰爭片、武俠片、偵探片和科幻片；這些影片必定出現英雄，像隆美爾、楚留香、占士龐德、天行者，當然最崇拜的還是佩載狐腋色勳章的隆美爾。

我一直偷偷期許自己在有生之年能當上將軍，能像隆美爾一樣戰績彪炳的元帥更好，所以常常埋怨太平盛世。外公對我這個願望一笑置之。我很想問他有沒有目睹過隆美爾的北非戰役？有沒有摸過虎式坦克？以及我最愛的魯格手槍？後來回想，為什麼不問問中日戰爭？是否因為它缺少機械的美感，全是殘肢體和破軍裝，全是血淚全是汗，引不起我的興趣。我依稀記得外婆說過，在馬來亞的日據時代，蝗軍來搜查的時候，她們統統逃到山林裡避難，有一次竟忘了帶走坐在便盂上的媽媽。所幸她不像一般幼童般哭鬧，否則小命就得斷送在刺刀上，我那成群成串的野故事，就提早結束在一九四二年。外婆怎麼會離譜到把媽媽給忘了？外公又在哪裡？這些問題早已弄丟了答案。

我並不是一個愛問問題的孩子，所以外公便把許多值得大書特書的故事留給自己。只曉得他早上出門的第一站，極可能是福建會館，然後是培南獨立中學，或者三才國小。在我念培中讀書的日子，經常看到外公的車子停放在行政大樓外面，只要到校長室便可以找到他，有時剛好可以坐那部舒適的車子回家。我們常在車上談論學校裡的種種，從昏昏欲睡的課後補習，到永無止境的常年大募款，這是我專有的投訴時間。外公原先擔任培中的監學，後來再出任副董事長，他是最常到學校巡視的董事，當年校方要發展華樂團和銅樂隊，正是透過他去向董事會要錢。以後每次校內外舉辦什麼活動，都由這兩個社團去為校爭光，而我則去為校捧場。在音樂的表情最豐富的片段，我看到外公無比欣慰的笑容，和椅把上悄悄指揮著節奏的食指。

從外婆家滿櫥滿櫃的黑膠唱片，以及舅舅們不像是吹牛的敘述，我粗糙地知道，外公懂得演奏多種樂器，年輕時候還組織過歌詠隊、口琴隊和戲劇團，他親自擔任鋼琴手。但我對音樂的興趣遠不及戰爭來得大，無法很生動地將外公想像成東方的卡拉揚。

在很長的一段時間裡，外公以高風亮節的文人形象磨亮我崇敬的目光。他常演講，而且自己撰寫講稿，上台之後永遠是神采飛揚，麥克風彷彿偶遇知音而差點自行鼓掌。接著我發現一件奇特的事，每次外公被主持人介紹時，總會冠上一串縮寫的頭銜，他新拍的照片更多了我最感興趣的東西——勳章。我觸電似的盯著那三枚夢寐以求的勳章。然後到外婆家展開地氈式大蒐索。

三枚埋伏在衣櫃裡的勳章，一舉擒獲我兵荒馬亂的狂喜。

豈能不亂！紳士外公突然跟隆美爾元帥畫上等號。可他的軍團呢？一將功成的戰場呢？這三枚象牙質地且局部鑲金的勳章，究竟肯定了什麼？我費了很大的功夫才找出那些縮寫的含義，皆是「功在社會」或「對國家有貢獻」的人仕，這裡面夾雜了政治和教育，以及一些小老百民請託的事誼。難怪有幾次外公帶我到小食中心吃午餐時，老闆們常要請客，他卻堅持付錢；但老闆們東一句西一句「魏先生」，卻叫得比誰都來得真誠。我從不追問，他也不說明，其中必有很長篇的故事吧。他對華社有何貢獻我並不清楚，所以很難在此複述，只能說在馬來西亞辦學很辛苦，有錢出錢有力出力，外公乃培南中小學的創校功臣，除了當培南的副董和監學，也當了十幾年三才國小的董事長，一直都是兩袖清風。正是他那兩袖清風，令我感到無比的榮耀與自豪。兩袖清風加上三枚由國家元首頒授的勳章，外公在我心目中跟隆美爾各有千秋。

一個滿腦子軍國夢的少年，絕對無力抵抗勳章的誘惑。我偷偷戴過好幾次，別上三枚勳章的胸襟果然有一代名將的風采，藉此遙想沙漠之狐的英姿。說不定將來我會有屬於自己的勳章，一枚銅十字勳章就好。可惜後來我當文人去了，那三枚勳章也跟外公一併火化成煙，只留下虎虎生威的遺照，和我斜斜傾頹的宏願。

外公過世十二年後，我的母校培中要為他和多位先賢做一次資料展，其中有一篇我從未讀過的舊文章，很短，卻像一具火力強大的加農砲，轟出微微的腦震盪。在史料的叢林中，我赫然發現荷槍實彈的外公，帶著幾位剛從警官學校畢業的小嘍囉，巡視三〇年代福建沿岸的大小海港。這時候的外公叫「魏少校」。

從「魏先生」到「魏少校」，儼然聽到外公上膛的聲響。

我遂著手重建外公的形象與生平，一時間，所有熟悉的事蹟都變得十分陌生；遙遠與鄰近，在事物中交換了位置。書裡讀過千百次的「棄筆從戎」，一向都扮演著成語的乖角色，萬萬沒料到相處多年的外公便是擺在眼前的活例子。洋電影的假戰火遂變得有血又有肉，大軍令和小吆喝皆出自外公熱愛唱歌的喉嚨。那文章說他念完大一，即轉考福建省政府新成立的水上公安局訓練所，成為第一屆畢業生，等同大學畢業並授予少尉官階。

每天清晨，「魏少尉」集合隊上的水上公安，登上波動的甲板與船艙，到鄰近的海域去巡邏。短短三年，就晉升為少校，率領著更大的船隊和水警，穿梭在近代中國最混亂的一個海域。淺灰色的少校制服或許佩戴著第一枚勳章，跟胖軍閥們的瘦副官一樣，蠟亮的長統馬靴嘹亮地踏上人潮洶湧的木質碼頭，該詮釋為亂世中的鎮定與從容，或者謀定而後動？剛年滿二十六歲的「魏少校」，目睹了南中國沿岸不可抑止的移民潮，口袋裡的信函在催促他的南行。

一九三七年五月底，隆美爾上校還未登上他宿命中的坦克，但魏振國少校已登上航向南洋的甲板。六月一日，他終於抵達這片蕉風椰雨的英殖民地，首次聽到土味十足的馬來語。第一個目的地便是怡保，幾乎住了大半輩子的山城。外婆曾經告訴我，外公是應舅父白成根之邀到怡保，參與龐大的家族事業。棄筆從戎之後，再從商，最後還當上某大銀行的分行經理，不過那是中年的事了。這是我不知道的外公，真想找那篇短文的記述者來問問。

到底該慶幸呢，還是遺憾。外公正巧錯過七七事變後的中日戰爭，蘆溝橋上的石獅子親睹了戰火的起點，在南洋的華人隔天才耳聞了一切。中國地大物博人多，光是人海戰術便足以耗盡蝗軍的子彈；可中國太窮，每個人的口袋都快穿洞。抗戰，又是一件有錢出錢有力出力的大事。整個南洋的華社，奮然發起為祖國籌募戰款的活動，打倒日本鬼子是全球華人的共同目標。這一點，蘆溝橋上的石獅子感受最深。外公就在此時組織了口琴隊和歌詠隊到處巡迴募款，更在怡保組織了機械工程方面的軍事訓練班，培訓出一批回國參戰的機械技術人員。聽起來真像天方夜譚。雖然我不知道外公為何不回福建去抗戰，想必有很充分的理由，也許是感情與事業的牽絆，或者對戰局另有裁斷。

退膛的壯志用另一種方式上膛，不過「魏少校」卻永遠錯失晉升「魏少將」的時機。

算一算，我不知道的事還真多，偏偏那些事都該問個清楚，可惜問號找不到對象。

隆美爾在一九四一年出任德軍非洲軍團的總司令，以神出鬼沒的戰略贏得「沙漠之狐」的美名，三年後一代名將被毒藥畫上了句號。但我的紳士外公好端端地活著，繼續大展他的鴻圖。五〇年代初期，外公棄商從政，並投身華教，自此與培南國小、國中、獨中，以及較晚期的三才國小脫離不了關係，也耗去後半輩子的大部分心力。臨終之際，還不忘替學校募得一大筆捐款。這件事，我隔了十二年才知道。

正如我無法目睹隆美爾的喪禮，外公的喪禮只是照片裡的記憶。

我沒有回去奔喪的理由，和外公不回福建抗戰的理由一樣，有不得已的苦衷。相信是天意吧，外公得以永保臥病之前的威武形象，永遠完美，像坦克上屢戰屢勝的隆美爾。媽媽在信中娓娓轉述了浩大的送殯隊伍，幾十部車子、數百人的行列。外公，終於擁有屬於自己的一支大軍，步兵與戰車混編的大軍，威武地橫越一九八九年的怡保市區。

當這支大軍在十二年後再度整裝，橫越這篇悼文的末端，我確實很想用那三枚勳章，追封外公為少將，讓所有作古的友人都能喚他一聲「魏將軍」。

《聯合文學》二〇〇二年五月

蟬退

才翻開一頁駐紮著古怪學名和術語的英文生物課本，頭就暈了，腦袋甚至作好鳴金出走的打算。不管洋人老師的英語把課文朗讀得多悅耳，多像一隻喜鵲飽食後輕輕的嗝，我就是聽不進去；尤其那些半希臘半拉丁的學名，怎麼背也背不起來。少年陳大為遂有了輕微的沮喪，大好前程竟如危橋搖搖欲斷。

自從讀過諾曼地登陸之後，都用它來形容一年六次的月考，放眼望去，成績單上盡是不幸陣亡的科目，死得最慘烈的是生物和高級數學。老離不開sin或cosin的演算令人心煩，不實用，又缺乏美感，我多次發誓要把高數從未來的生活中根除，證明給那些對我搖頭嘆息的老師看：沒有高數我一樣活得很好，活得比依賴高數的同學成功。至於生物，我卻沒有殲滅生物的宏願，反而非常努力地去提升分數，不為別的，就衝著父親這輩子最大的心願，我豈能輕言放棄，雖然每次奮不顧身地搶灘，還是陣亡。

父親常說他高中念的是名校，成績更是全級之冠，鐵定可以保送到台大醫學系，後來不知怎麼搞的，他居然託同學代填志願，也不知那位同學是故意誤填，或接受太多友人的委託以致出錯，準備妙手回春的父親就這麼糊裡糊塗進了政大國貿系。當醫生的大夢，被另一位成績較差的同學賺到了，否則他就是擁有一間私人診所的陳醫師，穿著白袍，成為各種雜症的終結者。在那個年頭，本地醫生開的全是萬能診所，不管什麼毛病皆能治上一治，要開刀的，才推薦給大醫院。看著父親年輕時的英挺照片，我努力幻想他在診所裡忙碌的樣子，永遠閒不下來，也不會賴在沙發上發福。

將誤填之事視為父親一生最大的換捩點，相信沒有誰會反對。沙發尤其不會。

這次糊裡糊塗的失誤讓父親從此變得事事謹慎，而且細密。像一隻成蟬，退下年少的蟬衣和夢，小心埋藏在歲月的根部，成為歲月不斷增長所需的養分。他從此得面對絡繹不絕的數字，而非病人；無法造福蒼生，只能堅守一冊不容有失的帳本。必須非常非常的謹慎。父親老說自己太正直，不夠奸又不夠狠，跟帳本一樣規規矩矩的，發不了大財，他的Benz大夢空轉了四十年，還沒有實現。

在我童年的記憶裡，父親占的篇幅不大，遠在外婆外公和母親的後面，那是因為他長期在外埠工作，好像在吉隆坡，但沒有人明確告訴過我。那時候我們就住外婆家二樓的一間大房，每個星期六下午，我和死黨們都會在門前的大操場玩，一邊等候父親那部米色的日產轎車，只要一出現在巷子口，我立即跑過去接駕。這是僅有的畫面，除了米色的喜悅，其餘的都記不起來了。

比較完整的記憶是從中學開始，父親回到怡保工作，我們一家五口搬到另一棟房子去住。他每天都回家，一進門就賴在沙發上小睡，說他成天用腦，很累。父親在一間小本經營的金融公司當一名不夠奸又不夠狠的總經理，居然能把公司的資產在五年內膨脹了三倍。所以沙發恭恭敬敬地讓他賴著，不問世事地賴著，母親的嘮叨一概充耳不聞。

我幾乎沒有見過父親的愁容，總是開開心心地吃，開開心心看電視。在那僅有兩個電視頻道的年代，偶爾播放的台灣連續劇即成了父親不得不看，卻邊看邊罵的對象。罵，漸漸成為看的動機；罵的表情，也構成連續劇的重要成分。那部叫《苦心蓮》的連續劇，被父親罵得最慘，他極討厭矯揉造作的演技、肉麻的對白、牽強的劇情，偏偏此劇集他厭惡之大成於一身。也只有在這個時候，父親才精神抖擻地崛起於沙發，激動之處，更站起來嚴辭批判，說有多爛就多爛。有時我不禁懷疑：父親是越爛越愛看，因為夠爛才有得好罵。

其實父親極少罵人，只會罵戲，圓融的個性也慢慢滋養生出很有福氣的相貌，十分符合相由心生的原理。母親是急性子，會念人，兩人正好調和成太極之兩儀，完美之極。可是成績單上的紅藍兩色，實在很難調和出大好河山。有一次我的高數只剩下兩分，生物也成了一支殘兵，父親臉色一沉，嘆了口氣，看來他已預料到我將來無法落實當華佗的大夢。說實在的，我對生物的興趣不大，那些肢角猙獰的昆蟲實在噁心，尤其蟑螂和蟬，抓都不敢抓。說不定，將來我的兒子會在他的散文裡寫下：昆蟲早已暗示了父親不能成為醫生的宿命。

當年我就讀的培南中學是一所學習壓力很大的名校，六年制的完全中學。國三畢業後，本想選讀商科，但父親不准，原因是我跟他一樣不夠奸又不夠狠，在商場上吃不了別人便被別人吃掉，這條路不是我該走的，應當選擇穩穩當當的理工科。沒想到兩年下來連高數也讀垮了，非但當不成醫生，恐怕連工程師也沾不上邊。雖然他沒有給我壓力，但可以感受到一股隱而不發的憂慮。其實我最強的反而是文科，尤其作文，高三那年我決定棄理從文，在全國統一考試只報考文科，準備當一名中文老師。這個破釜沉舟的決定，教務主任聽了五官一皺，文科班的老師則擔心我能否在短期內把三年的史地教材讀完，再背爛。唯一叫我別擔心的，是父親。一邊等著台灣連續劇的播映，父親一邊回想當年，說他的作文全校第一，罕逢敵手，況且祖父的文章在鄉下也小有名氣，理應會有良好的遺傳。他不但大力支持我考文科，還說將來「順便」把《易經》學好，便能像他的一位中文系朋友一樣替人算命，比當個不足以養家活口的中文老師強。他只差點沒有叫我找機會多念個中醫學位。中醫跟中文，不過是一字之差。

任憑回憶的網目再怎麼細，在怡保的記憶裡依舊撈不到中醫師的印象，半尾也沒有。它是一個無法取得普遍信任的職業，尤其在大馬政府反共的年代，根本沒有培訓中醫的所在，只有一些老中醫開設的中藥店在撐場面。我沒有把父親想像成把脈如透視，下針若有神的華佗，實乃大環境使然。父親對我的想像又是如何的呢？是上占天文下卜地理的相師，還是吃一輩子粉筆的教書匠？

不知是命，還是運，我居然考上台大中文系。來台前夕正好廣西會館有一場年度大宴，父親帶我去跟幾位老親戚道別，不料席中有一婦人聽說我要念中文，登時亮出一臉的惋惜，認定我即將斷送大好前程，她隨口例舉了誰誰誰的兒子當工程師月入多少多少，誰誰誰的律師女兒剛從英國回來就如何如何，誰誰誰……。父親非但不動如山，更誇我頗有文學天分，狠狠還她一副不念中文才可惜的表情。真是知子莫若父的最佳詮釋。

從高三理科班到台大中文系，我總算退去不合身的年少蟬衣，跟父親當年退去醫生大夢不一樣，我是退去當醫生的惡夢，更把蟬衣草草葬在記憶的死角，永不回頭的死角。為了證明文學之路才是最正確的選擇，我埋頭苦讀了十二個春秋。父親在闊別台灣三十三年後，首次回到當年他留學的老地方，參加我的博士畢業典禮。如果他還記得我才兩分的高數、總是不及格的生物，以及搖搖欲墜的其他理工科目，不知作何感想？或許他根本忘了，老早習慣這個以文為生的兒子。

這十二個忽冷忽熱的春秋並不好過，每年入秋總得大病一場，歷時半個月，都是恨不得把鼻子切掉的超級重感冒，還有咳嗽，也不知看過多少不見成效的耳鼻喉科。假如當年我成功走上西醫之路，會不會變成其中一名庸醫呢？

最後我只好試試中醫，沒想到還真有效，門庭若市的小小診所果然不可小看。最神的是：陳醫師一捏我的虎口，竟能斷出我脊椎側彎，後來照了X光證實了他的診斷，於是陳老師變成陳醫師的病患。在漫長的門診過程中，唯一能做的是背背穴道圖表，看看中藥，猜猜每張面容背後隱藏的病歷。這些人不需要文學，所有經典不過是廢紙一疊，他們只要神來一針或除病的一帖。在生命的戰場上，文學乃最無關痛癢的感嘆。

有一次我從藥單上看到「蟬退」一味，大感興趣，回家之後速查《本草綱目・蟲三・蚱蟬》，書裡有那麼一段：「蟬乃土木餘氣所化，飲風吸露，其氣清虛，故其主療皆一切風熱之症。古人用身，後人用蛻。大抵治臟腑經絡，當用蟬身；治皮膚瘡傷風熱，當用蟬蛻。」蟬退即是蟬蛻，沒想到那猙獰的蟲殼竟有藥效，而且每個部位功效不同。到底古代的中醫師是如何發掘出萬物的藥性？難道都學神農遍嘗百草？光想如何認識一片森林裡的草木就累垮了，別說一一研究它的藥性。神農和華佗，真不是人當的。

「蟬退」在命名和藥性上的神妙，引起我對中醫莫大的興趣，彷彿把父親當年退去的少年蟬衣，重新穿上。我常常坐在陳醫師的診所裡幻想：如果能考個中醫學位，再開間治療百病的萬能神醫診所，還真不錯。曾經有一部叫《急診室的春天》的美國電視影集，以及梁朝偉主演的電影《流氓醫生》，只要一播映，我就被沙發死死吸住不放，邊看邊幻想。原來父親的大夢不知不覺地遺傳了給我，他同時遺傳了賴沙發、迷電視、好甜食、樂天順命，以及車子的大夢；不同的是我憧憬的是Jaguar和BMW，而且我有一張可以當床睡的大沙發，還有八十個繽紛頻道。其實我們兄弟三人都繼承了父親性格中很大的一部分，程度不同而已。

蟬退蟬退，我果真徹底退去幼年的蟬衣了嗎？昔年退去的「蟬退」早已成為歲月的養分，原來成蟬之後我的，還是蟬。退無可退。這時候再去念個中醫似乎不太可能，生活中要兼顧的事物太多，我們父子倆的華佗大夢只好擱淺在現實的邊疆。或許很多年後，我有一個高數滿分生物滿分的天才兒子，用他灼熱的眼神宣布人類最崇高的夢想：到貧瘠的非洲大陸去行醫。他的父親和祖父一定會用最酩酊的大醉來餞行。

《聯合文學》二〇〇二年五月

左右

幸好有兩個弟弟陪伴在父母左右，否則他們的日子會很無聊。

在很多情形下，可以用「他們」一詞來概述這兩個習性十分相近的弟弟——他們是兩條聰明之極卻又懶得出汁的大米蟲，成天窩在家裡上網、打電動、聊天，兩人以同樣的生活模式相處了二十幾年，一成不變卻樂在其中。他們相差兩歲，卻念同一所大學的同一班級，連言行舉止都同一個款式，常人有錯以為他們乃孿生兄弟。

我跟他們相隔七歲和九歲，在我念中學時他們才開始讀幼稚園，那間吵得要死的幼稚園就在我家正對面。其實它是一間兩層樓的住家，因為鬧鬼所以一直租不出去，聽說以前的住戶在熟睡時被鬼魅從二樓搬下客廳，還聽說原木樓梯把那句「只聞樓梯響，不見人下來」的諺語詮釋得極為生動，不，應該是「生猛」才對。我好像也目睹過一盞小黃燈在無人承租的室內遊走，在失眠的午夜一兩點。除了在大白天找一群鬧得更凶的小鬼來上學之外，這棟房子實在沒有第二個更合適的用途了。沒想到我那兩個膽小如鼠的弟弟竟成了最倒楣的傢伙，我差點要恐嚇他們說：那些鬼可能會跟你們回來坐坐……。就怕好話不靈醜話靈，萬一趁我家門神瞌睡時溜進一兩隻就糟了！登時用門牙把讖語急急咬住，一吞。連想都不敢再想。

兩個小傢伙先後讀過這家鬼屋幼稚園，有幾次我因小感冒偷懶在家，親自領教了小鬼們的高分貝，不管是答問或背誦九九乘法，都像在耳膜擊鼓，一擊不可收拾。才放學，我那怕死的弟弟立即一溜煙跑回家，絕不久留。我非常慶幸沒讀過這間鬧鬼的幼稚園，不過它唯一的好處是離家近，可以睡到上課鐘響前十五分鐘才起床。後來兩個膽小鬼又先後就讀我讀過的培南小學，兩千人擠在一小塊面積上的感覺不是很好，大熱天擠校車更是難受，我是這麼熬了過來。也不知他們是不肯跟人家擠，或者擠不過別人，反正整天埋怨，終於把父親念煩了，只好每天開車送他們上學，母親則負責接回來，吃個飯，再送去學鋼琴和電子琴。他們一向都坐後座，一右一左，十足大老闆的架勢。

老么的音樂天分很好，聽過一次的曲子，不用看譜便可以彈出來，連續幾屆的州際比賽都得了冠軍。我一直認為音樂是咱們家裡最主流的興趣，從外公、媽媽、大舅舅，到兩個弟弟、四個表弟表妹，都是五線譜上的活豆芽，隨手一湯，就一大把。我和老爸乃最好的聽眾，當聽眾最輕鬆。

其實我和弟弟沒有代溝，常玩在一起，咱們的三大遊戲是：下棋、玩兵、過招。留學英國的二姨帶回一盒正宗英產的「百萬富翁」，全英文，原來送給年齡最小的小表舅，他玩膩便給了我們。雖然我們從幼稚園開始學習中、英、馬三種語文，不過弟弟年紀還太小，不懂的字可多了，完全仰賴我的翻譯，我愛怎麼翻就怎麼翻，遂成為永遠的大贏家。輸多了，他們不免起疑，但我發了很多假誓來保證公平性，騙他們繼續輸下去。輸的不是錢，而是被奴役的次數，成天被呼來喚去，像帝王的左右侍從。

玩兵，好比近年盛行的三國誌遊戲。外公和外婆前前後後買了數十種小玩具兵給我，加起來大約有兩千多個小兵偶，根據國籍和軍種可以區分成十幾支軍隊，那是我童年最喜愛的寶貝。逢假日，或者大表弟從北馬回怡保老家的日子，咱們三、四個人就玩起軍事大戰來了，各選一支大軍，再選一個小兵偶代表自己。可我生性好勝，我的軍隊永遠是最強的，到頭來他們都難逃一敗，然後很難過地看著「自己」被殺死。只有一次死的是「我」，他們竟然高興得不得了，卻不知那是我引誘他們下次再玩的一些甜頭。這種一切操之在我的遊戲，竟然可以玩上好幾年。我們的世界大戰停火了五、六載，他們三人才驟然驚覺：為何要讓我操縱遊戲裡的角色命運？我從他們頓悟的表情，滿足地回味著過去幾年不可思議的勝利。弟弟和大表弟，都是我少年遊戲裡的受害者。

我們的兄弟情誼正是建立在這種看似幼稚，卻充滿喜怒哀樂的遊戲當中。

過招，則是最刺激的了。我們兄弟三人都愛看香港拍的武俠連續劇，看完後再窩在房間裡討論劇情，說到精彩之處，乾脆學那劇中大俠過幾招。我們從不用兵器，怕誤傷手足，雖說赤手空拳，但保證拳拳到肉。因為我比他們大上好幾歲，一向都是以一敵二或敵三（如果大表弟也在的話），一場武林大會打下來，棉絮紛飛如雪，床鋪凌亂如墟，結果被外婆和媽媽痛罵。我們一向只負責玩，從不收拾，所以該罵。

媽媽常說自己很「勞氣」，那是廣東話，意思是「勞心又動氣」。我們家住怡保，一個以廣東話為第一方言的華人城市，全部華人都講廣東話；我祖籍廣西，卻嫌廣西話的腔調古怪，不敢學，免得被誤以為我的廣東話字不正腔不圓，所以我們在家都講廣東話，到了祖籍福建的外公外婆家就多講幾句福建話。福建話也有類似的字眼，但顯然媽媽比較喜歡廣東話的「勞氣」。「勞氣」從她的常用術語漸漸升級成招牌，兩個弟弟可謂居功厥偉。坦白說，媽媽口中的「兩隻野」有些習性實在令人看不下去。廣東話裡的「野」比「東西」

更傳神，罵久了，竟演變成家裡很重要的一個意象；此話不出，總覺得缺了點什麼。

念小學的時候，「兩隻野」每天賴床不起，必須勞動老爸從二樓逐隻揹下來，擺在客廳的沙發上，一隻靠左，一隻靠右；因為嗜睡，所以不准亮燈，說那刺眼的光線會嚴重影響半醒時分的情緒。等傭人買好了早餐，擺在「兩隻野」面前，再交由父親來餵，像給千斤大豬公灌飼料一樣，他們只張嘴而不睜眼，比起那則懶人臥床吃餅的寓言，毫不遜色。媽媽邊勞氣邊罵他們快成廢人了，他們依舊無動於衷。當時我暗暗立志：有朝一日，定把「兩隻野」無與倫比的德性公諸於世。

他們不但賴床還賴屋。成天賴在屋子裡不出門，辯稱可以替老爸節省一些生活開銷，又可以免費看門，像張貼在鄉下老厝大門左右的門神。也對，他們鮮少戶外活動，有時我也搞不清楚他們在家裡幹什麼，兩個人飯後必到客房床上躺一躺，說上十來分鐘話，才再度現身。這項惡習差點把媽媽氣炸！後來她強行指派一些家務：洗碗、洗鞋、餵狗、燒香、倒垃圾，好讓他們發揮一下存在的價值，否則跟死人沒什麼兩樣。把他們強行塑造成生活的左右手，當然得付出勞氣的代價。媽媽是急性子，又健忘，想到一件事就得馬上執行，可她偏偏生了兩條大懶蟲，凡事都要「等一下」，他們的「一下」跟上帝的「一下」差不多久；更糟的是他們熱愛爭辯和推諉責任，兩人的歪理邏輯和辯解態度完全一致，如同兩個永遠拍在一起的嘹亮巴掌，結果惹火了媽媽，在罵聲中心不甘情不願地拖著章魚般的手腳去幹活。從勞氣的角度看來，他們實乃媽媽最頭疼的左右瘟神。

我來台念書之後，媽媽常來信訴說「兩隻野」如何惹她生氣，只有他們上課去了才獲得幾分清靜。叫她出門旅行，卻放不下家中父子三人，怕他們亂吃亂喝、上課睡不醒。「兩隻野」像猴子一樣糾纏在媽媽這棵大樹上，二十餘年從不落地，十分要命。

每年回家渡假的時候，最喜歡在睡前跑到他們房間去聊天，了解一下他們近來的生活，打聽家族裡發生的大小事。凡事經過他們的詮釋勢必走樣，遠比原來的實況來得誇張、刻薄，且爆笑；跟他們聊天是件快樂的事，可以聽到事情最聳動的版本。這十幾年來，我跟他們相聚的時間極少，尤其近五年平均每年只有十天左右，見面時可以聊的東西實在太多了。令我印象最深刻的是他們「迫害」小表弟一事。

這個小表弟常到咱們家小住，短則七八天，長則個把月；他從小就有便秘的毛病，曾經創下七天不出恭的家族記錄。根據兩隻野的描述：七天釀製的成品面世之際，廁所的外牆隱隱震動，一陣慘烈的轟炸過後，無形的蕈狀雲徹底癱瘓我家一樓，歷久不衰！凡是見證這場「天災」的目擊者，沒有不刻骨銘心的。前不久小表弟又來小住，由於終日沉迷在電玩之中，一連八天沒有出恭，心有餘悸的兩隻野居然鼓勵他刷新舊紀錄，每天不懷好意地鼓舞加監督，再三呼籲表弟務必死守肛門，還例舉了許多不輕言放棄的偉人事蹟，強調此乃光宗耀祖的不世壯舉等等。直到大舅舅從吉隆坡來帶他回去為止，成功創下十一天的輝煌紀錄。這分令人刮目相看的功力，足以博得「魏十一郎」的美譽。

有一次聊到我們的名字，老二不禁皺起濃眉，埋怨外公為何替他取名「大深」，又大又深，老是被同學嘲笑成負面的意思；雖然他死也不肯說，我猜跟糞坑或溝渠有關吧。所有外孫和內孫的名字都是外公取的，男生是「大」字輩，女生乃「曉／小」字輩；第三個字則視八字裡的五行盈缺而定。苦思了一晚，我終於想到「大深」實乃「博大精深」之意！「大樑」呢？「大國之棟樑」吧！不過他總覺得是「又大又涼快」，跟電扇的關係比較密切。無論我費再多的唇舌，皆不管用，他們對自己名字的含意早有定見。

有時我會錯覺兩個弟弟沒有長大，只是年歲徒增，身體放大，小時候的習性一直沿續至今。他們確實有一堆令媽媽勞氣的小毛病，卻沒有任何不良惡習。大學畢業之後開始工作，也頗受公司器重，顯然那幾年電機工程沒白念；父親說，本來他們可以拿到一等畢業文憑，可是某個科目的講師看中他們那組做的實驗，想拿去當他自己的博士入學資格審查作品，他們寧死不從，結果此科分數低空而過，因此降了一等。降就降吧，令我刮目相看的是這分骨氣。他們真的長大了。

上班之後他們並沒有改掉賴床的陋習，總是賴到最後倒數十五分鐘，才草草刷洗，匆匆出門。雖然公司不遠，但為了保障他們不會遲到，媽媽只好把家裡全部時鐘撥快十五分鐘。這種自欺欺人的生活時間，居然非常見效，故行之有年。

我勸媽媽少勞氣，反正他們與生俱來就是這副德性，改不了也不要緊，不妨睜隻眼閉隻眼。其實家裡有這兩隻東西，日子才保證不會無聊。況且我長年不在家，有他們來「充實」兩老的生活和樂趣，我也比較放心。近來大樑在教父親玩電腦遊戲，大深因為工作所需拚命惡補工程的書籍，媽媽在研究她的佛經，大夥一同邁向「博大精深」的道路，一起成為陳家之「棟樑」。

這兩個弟弟，好比觀音的護法，緊緊守護在父母的左右。

《聯合文學》二〇〇二年五月

家有女巫一隻

很久很久以前，大概在己巳年夏天，我在台灣師範大學的地下餐廳，邂逅這隻後來進化成女巫的猴子。

打從我應邀寫這篇小文章開始，她即認定我會趁機詆譭她，可我真的沒有，反而十分謹慎地在她跟猴子之間，畫上充滿說服力的等號。女子＝猴子，指的當然不是長相，而是無果不摧的德性。

那絕對是鐵般的事實，當年師大夜市所有水果攤的老闆都一致認為，我根本就是跟一隻超饞的猴子在談戀愛，如影隨形的水果目擊了許多不可告人的內幕，全被她滅了口。這隻秀色可餐的猴子討厭吃飯，連吃一口肉都會胃痛，可是她超愛吃水果，簡直不能一日無果。每天傍晚，我大老遠從台大男一舍騎二十分鐘腳踏車到師大女一舍找她。她住五樓，我可沒有那麼大的喉嚨把她喊下來，又不想每天去會客室簽到，於是她從五樓窗口垂下一根繫有鈴鐺的細麻繩，只要我用力一扯，她便從五樓高的「樹上」一溜煙爬下來，開始咱們香甜多汁的約會。

約會的起點永遠是水果攤，先買三五個芭樂七八顆橘子，邊走邊吃邊聊。相當於兩個拳頭大小的芭樂，在一百步以內屍骨無存；橘子只需四十步，外加剝皮十五步。果皮、果汁和果核分別扮演逗號、分號和句號，在咱們的對話裡依序出沒。可別小看水果，歷史證明它比戀愛專用的甜言蜜語更永恆。咱們通常逛到台大對面的公館夜市再逛回來，有時甚至逛到男一舍，跟學長學弟們哈拉一番再走回師大。來回一個半小時的路程，區區兩袋水果根本不夠吃。回到師大夜市得再買兩袋，坐在女生宿舍對面人行道的雙人椅，吃第二輪。一向懶得吃水果的我，自然被迫分享其中一小部分。這隻猴子的最高紀錄是一口氣吃下八顆柳丁，連嗝都不打半個，而且全用手剝，技巧高明到讓人產生柳丁自己脫皮獻身的錯覺。

如果將來她不幸變成偉人，那張椅子便有幸立上一面「偉人在此殲滅無數水果」的紀念碑。

在我這個不常吃水果的男子眼中，她豈能不等同於猴子？尤其她到我怡保老家小住的那段日子，終日閒閒，居然吃瘦了一大個冰箱！我媽添購水果的速度常常追不上她消耗的進度，整間客房像花果山一樣洋溢著果香。後來咱們到二舅舅家小住，甫進門，我便對偌大的冰箱發出無限的感嘆：再多的水果也難逃一劫啊。結果這隻不食人間煙火的小猴子，被我家親戚評比為「再世美猴王」，還說這女子好養。

西元一九九四年七月六日，換算成複雜的農曆即是甲戌年庚午月癸巳日，沒有雲的大熱天，在離赤道不遠的怡保，我順應天命迎娶了這隻號稱價廉物美的再世美猴王，往返南北，宴客三回，正式掀開猴王演化史的下一頁。

小倆口子在北回歸線二十五點幾度的台北新店山區，租了一間甜蜜的公寓，倚山臨水，盡得天地之靈氣。情節發展到這裡，我不禁想到所有童話結束的共同畫面：王子和公主從此過著幸福和樂的生活。

咱們幸福快樂的童話，正從平衡日常的菜單開始。我開始練習吃水果，她練習吃飯和吃肉，從小口飯到大碗飯，從雞腿的精選版到完整版，她漸漸脫離嗜果如命的猴性，進化到我的雜食層次，甚至還超越些許。最詭異的是：她跟那些以挨餓來維護身材的美女不同，吃飯一定要有油，光吃生菜沙拉，兩個小時後就會發抖，說肚子沒油不行，而且常常懷念小時候的豬油拌飯；奇香無比的童年記憶，使她輕易敗在油脂豐美的滷豬腳之下，難以自拔。吃吧吃吧，反正這隻猴子怎麼吃都不會胖。

咱們家裡總是貯存一堆食物，好讓她可以隨時偷吃。要是書房找不到她的蹤影，那一定鬼鬼祟祟蹲在廚房裡偷吃。幾次行跡敗露，一轉臉即亮出「要不要分贓」的賊表情。要是我一整天不在家，她必定偷偷吃上十幾種小東西，有一次居然喝下幾種不同口味的花茶、綠茶、涼茶和優酪乳。結婚九年以來，她的食量早已勝我兩籌，每次買兩個便當，我吃三分之二，她吃掉其餘的部分。這猴子越吃越瘦，常說鎖骨與肋骨要破皮而出，快要變成白骨精了！當然純屬錯覺，該瘦的地方都瘦了，剩下的線條比以前更加可口。

話說咱們原先居住的新店老家，房子只有二十來坪，卻足以誘發她女巫的天賦。這種禍福難辨的天賦在她腦子裡，像地瓜一樣偷偷地成長。毫不起眼，卻越來越有分量。

房子不大，可她成天東掃掃西擦擦，潔癖女子加上如影隨形的肥貓和掃把，已經是半隻女巫了。很多人認定她不會煮菜，其實不然。她擅長自創菜單，用想像力把不該湊在一起的原料合而為一，戲稱為超級濃縮版的滿漢全席。她特愛煮湯，在冬天一個衣服寬厚的小女子，大清早就埋頭在食材當中，切切刨刨，加點養生的中藥，和一臉得意的奸表情，就是一鍋令人垂涎的藥膳高湯，還說什麼養於內勝過養於外。一手扠腰，一手攪拌，把屋子裡的氣流和夢囈攪在一塊，十足女巫的模樣。

憑良心一句，她的湯實在讚，我常常聽到自己的味蕾、胃臟、小腸和大腸在死命鼓掌。從光吃水果到大口吃肉，再長進到鑽研藥膳高湯，足以證實她已從猴子演化成女巫的階段。

這年頭女巫可不能只懂得煮湯，得有更實用的生產價值。於是她把調製東西的念頭動到保養品上來。價廉物美的生活哲學，在這個環節上得到空前的成功。她一向只用中、低價位的保養品，為了滋潤那一身寶貝皮膚，她用純植物精油自行調製潤膚乳液，然後很得意地來考我，猜猜裡面有什麼？此刻浮現在腦海裡的，是一座女巫煉藥的祕室，擺滿高深莫測的瓶瓶罐罐。

很久很久以前的女巫大多捧著一張皺紋密布的老臉，但咱們家的女巫卻天生異質且駐顏有術，念大三時被誤認是國中生，在大學教書之後，更是多次讓外人搞不清楚誰是老師誰是同學。天生一張不老的臉蛋，讓她省下不少妝扮的功夫。儘管她經常以無妝勝有妝，但仍然被誤以為化了濃妝，想必是輪廓太深之故，所以多次被問到是否有混血的成分。有一次女詩人顏艾琳居然稱讚起她的眼影，問她用的是什麼品牌，經過一番不可置信的檢驗，才確認那是天生的色澤，連所謂的「口紅」也一樣是本來面目，頂多抹上好玩的唇蜜。女巫得意的表示，連眉毛和眼睫毛都是「天然」的。有人懷疑：是她小時候受到印度人鄰居的「同化」；不過我想，該是巫術使然。

去年咱們搬到中壢的大房子，原以為上下四樓會把她累死，沒想到她居然能夠保持每天拖地板的習慣，一副很輕鬆的模樣，彷彿女巫坐上自娛娛人的拖把，率領一隻大肥貓，逐層掃蕩被微塵入侵的領地，再細細整頓分布在二、三、四樓的空中花園。換了房子當然也得換一部大冰箱，夠她貯存十幾種藥膳食材和生機飲食的五穀雜糧。眼看她把女巫的規模越搞越大，我不得不奮力阻擋。大肥貓仙去之後，她看上一隻白腳白嘴的小黑貓，很逗趣，想養，但我不准，因為她只負責玩貓，我卻得負責清理大小便。連楓葉鼠的木屑也是我換，她只負責餵食和命名，取了很怪的一串：小逗子、苦命鬼、小溜煙、豬頭煙……。最後一隻叫豬頭煙的楓葉鼠作古之後，厚葬在園子裡的櫻花樹下，還念了一串咒語好讓牠飛昇成仙。接著她想養狗，拉布拉多那種馴良大狗，我抵死不准！狗大糞多，受難的終究是我。

她清醒的時候當女巫，不清醒則當蝙蝠。

想當年她總說自己清晨六點便爬起來，先跑幾圈、再洗冷水、張羅早餐，一整天都精神抖擻。我只信一半，因為她在夏天才有此能耐，到了冬天就不行了。她說自己天人合一，身體和作息自然隨著四季氣候而變化，所以才會冬眠不醒。最嚴重的一次，睡到十二點還不起床，我硬把窗簾拉開，她便鬼叫，說我想曬死她，一副見光死的模樣。仔細想想，她在夏天也同樣怕光，即使在室內，能不開燈就不開，說省電，明明很暗卻說刺眼。

可她「小蝙蝠」的美名並非怕光之故，是那張嘴幹的好事。

事情發生在己卯年丙子月辛亥日，再七天即跨入千禧年。當天早上醒來，赫然發現我右臂接近肩膀的地方，有一個樣式古怪的印子——兩個偎得很近，像吸血鬼留下的小瘀青。前晚她太無聊，從隔壁書房過來，往我身上找樂子，摸摸手臂，直誇好肉好肉！竟然色心大起，戳下這顆怪草莓。原以為幾天便消散，可是過了兩個月還健在如初，我便譴責她；這隻小蝙蝠聽了不僅沒有絲毫羞愧，居然擒住我右臂，專心一吸，又留下一個。我沒有統計過她前前後後一共種下多少個居心叵測的草莓，但只有那一個是蝙蝠狀的，其他的兩天就消了；至於那個不可思異的「小蝙蝠Love bite」，歷時兩年才淡去。幸虧她的魔法只靈了那麼一次，不然我早晚淪成為迪斯奈卡通的第一〇二忠狗。

夏天怕熱冬天怕冷的小蝙蝠女巫很少出遠門，各種活動能推就推，平均每個月才離開中壢一次，多半去台北演講、評審、發表論文，或專程去吃一頓好料；久而久之，便成為台北文壇的幽靈人口。幽靈般的女巫雖然沒有通靈的妖術，但陳門堂上的列祖列宗她確確實實「見過」一些……；從她口供裡分析，那是我升天多年的祖母率團來察訪未及謀面的長孫媳婦，一時間臥房裡擠滿了三姑六婆，指指點點。這件事，把她的膽萎縮成葡萄大小，熟透，稍稍用力便捏出僅有的幾滴膽汁。要是被她吃掉的水果全都變鬼回來復仇，我想，這隻女巫的「葡萄膽」沒兩下便乾了。

很久很久以後，預計在下一個己巳年夏天，咱們即將重返同樣年邁的，師大女生宿舍對面人行道的雙人椅，細細咀嚼那段美好的時光，重讀這篇陳年的文章。

《幼獅文藝》二〇〇二年一月

二〇〇三年五月增訂

急急如律令

當我被問起為何第三本詩集要取名《盡是魅影的城國》，嘴裡草草回了一個枯萎的理由，心底卻燃起滿山遍野的燐火，燒綠了一座又一座異想的城國。

從小就愛胡思亂想，都三十三歲了還是戒不掉，這毛病若要認真考據起來，恐怕跟外婆脫不了關係。每天放學回來我一定把功課速速解決，接著到外頭野一野，玩瘋了才回家。入夜之後便無聊了，黑白螢幕的電視搭配兩個超乏味的頻道，奇蠢的對白和公式化的情節，對童年的我已是一大折磨，只好纏住外婆要她給我講講故事。

外婆口沫橫飛了大半個月，講盡了妖怪，也講窮了神仙，那些所謂的北歐童話被回鍋翻炒得水分盡失，又乾又硬，再也啃不下去。外婆苦惱的表情，洩露她準備棄甲的念頭，就在她將降而未降之際，有個業務員挨家挨戶地推銷「麗的呼聲」，那是一套後來風行全國的有線廣播系統。本來外婆只是堆起友善的笑容，敷衍幾句，當她得知其中有許多鄉野傳奇、武俠小說和鬼故事的節目，立時翻出一臉如獲至寶的表情，叫他隔天馬上來裝機。

祖孫兩人花了好幾天功夫去研究「麗的呼聲」所有的節目，最後被一個叫「李大傻講古仔」的節目勾住了耳朵。廣東話「故事」就叫「古仔」，一點也不傻的「李大傻」乃鎮台之寶，再平凡的故事經他一講，都變得傳奇起來。每晚七點，我和外婆坐在院子裡的鞦韆上聽李大傻講故事，乃童年最大的享受。尤其講「鬼古仔」，真的讓人毛骨悚然，入睡前總得花半小時在床上輾轉；「古仔」裡的鬼魅統統躲進古老的原木衣櫃，枕頭深處隱然響起那陰森的配樂，彷彿有鬼，悄悄躺在枕邊。

「鬼，就在你身邊。」李大傻這句開場白多次令我失眠。即使我用力回想故事中驅邪的道士，滿口深奧卻迷人的咒語，呢呢喃喃，泥泥難難，只記得一句「急急如律令」，句前可自由加上「太上老君」、「哪吒三太子」，或者任何法力無邊的神明。很多時候，便在「急急如律令」的反覆默念中，斜斜入睡。

外婆把我的好奇和異想交給李大傻之後，輕鬆多了。但我那小小的思考邏輯，卻被諸神眾鬼活活攪亂：既然人摸不到透明的鬼，鬼又如何用透明的手來捏死壞人？如果鬼要吃東西，那要不要拉屎？「急急如律令」真的可以召來神仙嗎？萬一有許多人同時召喚怎麼辦？最後終於忍不住刺探——我們日益膨脹的家族裡有沒有人會抓鬼呢？這些虛無飄渺的問題，經常瀰漫廳堂，跟外婆拜拜的香火糾纏不清，有時外婆隨口胡掰幾句，有時根本懶得回答，叫我好好去鑽研李大傻的「鬼古仔」，其中自有答案。

我的異想世界在十歲的某個晚上突然獲得一些真實的血肉。

住在外婆家隔壁的社區情報局局長——肥婆秀瓊，抖著肉，氣喘吁吁地跑來說她隔壁的隔壁再隔壁的那家從來足不出戶的鄰居，有個孩子快死了，只有我，只有我可以救得了他！「只有我？」「對，事不宜遲，快跟我走。」我還搞不清楚情況就被局長拐走了。她的語氣讓我第一次感覺到自己非常非常重要。在眾人的期盼下，我踏上神祕鄰居的二樓客廳，有一股張惶失措的氣流在光亮的主臥室竄動，像母蝙蝠在中午急著找回失散的孩子。無比光亮的木質地板上，躺著一具同樣光亮的，看似被抽去了靈魂的少年肉身。七嘴八舌的家人和鄰居，不約而同地將目光投向我，「快點脫褲子，撒一泡童子尿救醒他！」開什麼玩笑，給死人喝尿？萬一他變鬼之後回來找我算帳怎麼辦！我氣憤，我害怕，但我只敢騙說十分鐘前尿過，沒水，我這就去喝……。氣急敗壞的局長只好立刻再找一隻水分豐沛的童子雞，全脂的身影消失在門外，丟下半句高蛋白的粗話，滯留在騷動的氣流中。

我心想，如果此刻出現一位懂得「急急如律令」的高人，召來路過的神明，說不定一掌便把這個發羊癲瘋的準死人活活轟醒！並非我心狠，要是尿管用，醫生和神明豈不全成了廢物？在大夥等待童子雞的焦慮裡，我瞥見胸膛不再起伏的少年十指末梢轉紫，緊接著是眼窩和脣，然後是家屬們決堤的淚，和哭聲。死亡明快的節奏讓我一時回不過神來，白天還好端端的鄰居少年，說死就死了。

當晚社區裡的三八、頑童和長老，聚在公園聊神說鬼，有位撿骨師談到陰屍，登時聽直了大夥的耳朵，我忍不住問他萬一屍變，你們會不會召神來降魔？「急急如律令」果真有用嗎？他頓了一下，正想回答，偏偏下起雨來，問題和答案一起作鳥獸散。半個月後，我們在外婆家五哩外租了一幢新房子，一家五口搬出去住，再也沒有機會碰到那位撿骨的鄰居，以及早逝的羊癲少年，「急急如律令」的問題高懸在那個夜晚，一點也不急。

十幾年後，無意中得知咱們家族居然出了一位茅山道長，真是有眼不識泰山，我每次到大舅公家裡拜年都不覺得他有何過人之處，沒想到他竟然偷偷藏了一手，好厲害的一手。我一時想不起他的眉毛是否像電影裡的「一眉道長」，刀樣的長眉有一股提早出鞘的殺氣，妖見妖怕，鬼見鬼驚。說不定舅公也有一道長眉，不然怎麼當得了茅山道長？「一眉舅公」的茅山術又向誰學的呢？抓鬼的感覺或觸覺又是如何？不行，我一定要問問他。

外婆接著告訴我：「一眉舅公」快要飛升成仙。眼看來不及了，要是我為了一睹舅公的神采而千里迢迢飛回去，又顯得突兀。為什麼不早幾年告訴我呢？外婆說舅公早在二、三十年前便金盆洗手，他也不太願意自暴身分，不過現在可有點麻煩……。

想當年一眉舅公道術初成，便興致勃勃去抓鬼，單槍匹馬，前往村前那塊先後溺斃四個成人和兩個小孩的魚塘。那天的風很詭異，先吹彎了魚塘右邊竹林，再吹彎左邊的茅芭，有一圈特大的漣漪冒起，在水中央。舅公振了振眉，念了三句咒語，以二指為筆，在風那滑不溜手的胴體上如鰻魚游走，描出一帖道教的行草，神祕且霸道的法力由指尖破空而去，兩秒後，擊中塘心。要說這一手行草的歷史，還得上溯到南朝道教符籙派的陶弘景，這個天文地理陰陽五行日月算術無所不精的奇人，在茅山築館修道，遂開茅山道派，創一手簡單扼要卻實用非常的道術，召喚滿天神明，就憑一句流傳千古的「急急如律令」。

無比神勇的一眉舅公佇立塘邊，寬大的道袍吃飽了風，十足內功深厚的武林高手，一動也不動。水鬼像魚，身不由己地被釣了上來，跪在微微顫抖的岸邊，說不清楚求饒的語言。這鬼本來很凶，但附在一眉舅公身上的是打遍宇宙無敵手的「元始天尊」，區區水鬼不過是擋車之螳螂，神咒一出，立即魂飛魄散，絕不留下一點點殘渣。

第一隻求饒的鬼在陽間歸零，第二到第三十六隻都一樣，舅公出手從不留情，任何小數點都是巨大的瑕疵。完美主義者的舅公很快闖出名堂，但成家立室之後，不知何故一時心軟，從第三十七隻開始只把妖孽重創，或殘其靈體，或毀其道行。久而久之，餘孽的小數點越來越大，隨時可以四捨五入，還原成整數。「一眉舅公」被他的師父苛責了一句：心太軟，會留下後患。休道封指之後，舅公的眉心也漸漸稀疏起來，變成凡夫俗子的「二眉舅公」。

可惜舅公在我十歲的那個晚上沒有在場，否則以他猶存三分的功力，一句「急急如律令」召來藥王大仙，一掌擊在羊癲少年的天靈蓋，口中喃喃，二指急書於奄奄的印堂，說不定，說不定可以重新凝聚正要散去的三魂六魄，說不定再一掌便擊碎少年的羊癲之禍。到時咱們社區的情報局長，會重編一段更神的故事，更細膩迷人的情節，把舅公的長眉挑染成金色，頭部畫上圓光；最後，秀瓊局長還會把這段傳奇寫進社區野史，成為〈一眉列傳〉，尊之為「祂」，在名號前面再空一格。

只可惜舅公不在場，更可惜的是舅公沒有把道術傳兩成給我，否則每逢考試，只要一句「文昌星神急急如律令」，便可以解決所有討厭的數學難題；人窮志短，打算買一張彩票過好日子的時候，來一句「五路財神急急如律令」；野地宿營，若察覺林間有陰風流竄，只需一句「斬鬼鍾馗急急如律令」。唉，簡單易學又好用的一招，為什麼偷偷不傳下來呢？

有時我不禁懷疑李大傻也是一位卸任的道長，滿嘴淺綠色的「鬼古仔」，全是親身體驗，不然怎麼會說得像真的一樣！我的一眉舅公退休之後，要是有機會到廣播電台面試一下，再捏熄兩把青色的鬼火，必能走馬上任，用「急急如律令」來開場，一炮打響「黃一眉講古仔」的名堂。

沒有出現任何神蹟，二眉舅公如同被封印的二郎神君，安居樂業了下半輩子。外婆說到這裡語氣一轉，我腦海裡隨即出現一位道術盡廢，臥倒病床的二眉舅公，由孝順的兒女服侍著，一口一口地餵食。某天夜裡，他突然大叫：「大膽妖孽，休想逃走！」但這群鬼魅卻冷笑起來，一點也不急著逃命。殘而不廢的肢體，和那似曾相識的鬼臉，讓舅公冷透了眉，也冷透了脊椎——他們全是當年手下留情的「小數點」。很多小數點加起來便是很大的整數，甚至達到兩位數。如今變成小數點的，卻是二眉舅公久封不用的道術。

大逆轉的情勢當然不妙，癱在床上的舅公一如章魚軟軟，舉不起如筆的二指在空中畫符，瞬間斷弦的喉嚨勉強發出十分貝的「斬鬼鍾馗急急如律令」，卻連病房的門神都聽不見。陪伴在右的表舅舅也慌了，他從舅公惶恐、悲憤的表情，奮力掙扎卻動彈不得的肢體，推斷出滿室鬼魅的惡行徑。值夜的醫生來了，一堆護士跟了過來，人多陽氣重，總算暫時休止了眾鬼的騷擾。

隔天晚上輪到另一位道高膽大，習密有年的表舅來當守護神。一人之術終究敵不過眾鬼之怨，這位表舅一臉慘敗的神情，向翌日前來探病的親友簡報駭人聽聞的戰況，這間病房根本就是一座「盡是魅影的城國」。大家一致認為：錯就錯在一眉舅公心太軟，甚至根本不該學什麼茅山。表舅沮喪的心情慢慢蒸發，化作舉室的烏雲怎麼驅也驅不散……。

我忘了打聽舅公出殯的情形，不知是管樂悽愴還是「靜」若寒蟬。畢竟一眉舅公好歹也曾是一位道術高強之士，不能如此沒沒終了，雖然他沒有機會救活羊癲少年，秀瓊局長也沒有寫下〈一眉列傳〉；雖然我無緣目睹他「急急如律令」的降魔英姿，所有的描述都是七分聽說加上三分想像。但「一眉舅公」

的出現，卻完美地彌補了我的異想世界；一場天方夜譚似的道術大夢，得以畫下不可思議的句點。

《聯合報・聯合副刊》二〇〇三年三月廿四日

瘦鯨的鬼們

這幾年歷史突然縮水，變小了，連路都走不穩的小人物，以及配樂都可以省略的蒜皮瑣事，統統躍上一個叫地方誌的小舞台。似乎只要有那麼兩下花拳繡腿，再找個機會追打三隻落水狗，便得以「名留史冊」。於是越來越多三教九流的大英雄，擠進這間小歷史的雜貨店，一起膨脹，一起缺氧。

既然如此，歷史何不再小幾畝，再野幾分，變成一片狐仙和妖魔出沒的山林，一種比地方誌更小的「袖珍地方誌」？按咱們社區的三圍和肺活量來計算，十萬字便能徹底打發。十萬字對這片文化沙漠來說，竟是個天文數字，居然一等三十年。

整整三十年啊，門牌六號那戶人家總算蹦出一個立志當作家的陳姓少年，沒比我大幾歲，但書可讀得比我多上好幾倍，尤其歷史人物的傳記，信手拈來盡是兵馬，全是風雲。某日，他從報章讀到雙槍大盜「莫達清」的傳奇——這個劫富濟貧的現代羅賓漢，在一百二十二名員警圍剿下，身中十八槍，竟能全身而退，真夠神。雖然，最終栽在一百五十一名軍警的十面埋伏之下，飲彈自盡的莫達清，絲毫無損一代大寇的威名。

如果咱們社區也出個莫達清就好了！成天胡思亂想的陳姓少年，在深表遺憾之餘，企圖為這個不及百戶的小地方，找一則傳奇，寫一篇虎虎生風的大文章。他迫切需要莫達清那種三頭六臂的人物來撐撐場面。

令他最頭痛的是：開天闢地以來，這裡從來沒有過半頁的文獻紀錄，歷史像狗，分別寄養在每個孤獨老頭的口中。夠格「想當年」的老頭才六個，全是「kopi茶舖」裡的早餐常客，他們不是合格的說書人，常掛一漏萬、顛三倒四，根本不懂遣詞用字；有的連叫一碗「咖哩雞絲河粉加兩粒魚丸三片豬皮多撒一點蔥不要太辣」都講不清楚，何況一位草莽英雄力拔山兮的野故事。

唯一可能勝任的是「肥婆瘦鯨」。

「肥婆瘦鯨」的大名曾教陳姓少年困惑了幾年。在他學會寫字之前，透過文字的「讀音」來了解和記憶日益複雜的世界，她住在他家隔壁，「瘦鯨」之名每天從矮牆的另一邊被人大聲提起。這麼一個「沈殿霞級」的人物，被稱作「肥婆」是理所當然的；但弱不禁風的「瘦」和龐然大物的「鯨」，根本相互矛盾，怎麼會湊在一起？瘦鯨，瘦鯨，多弔詭的命名，令人暈眩，令人絞斷了腦筋。

直到小學三年級才弄清楚，「肥婆瘦鯨」寫成漢字即是「肥婆秀瓊」，廣東話裡「瘦」、「秀」同音，「鯨」、「瓊」也同音。日後，肥婆瘦鯨多次出現在陳姓少年的散文裡，扮演最稱職的社區情報局長的角色，提供小消息，分享大祕密。

蓋在巨大樹蔭底下的鐵皮小店「kopi茶舖」，是咱們社區的消息交易中心，運作良好，享有盛名。老闆娘沖得一手香醇無比的黑咖啡，很多居民都是衝著這杯馬來語叫kopi的咖啡而來。肥婆瘦鯨每天早晨在此坐鎮，心情好的話就喊一聲「咖哩雞絲河粉加兩粒魚丸三片豬皮多撒一點蔥不要太辣」，抑揚頓挫，一氣呵成，充分表現出說書人的天賦。即使心情欠佳，光是一句「照舊」，也能夠重擊耳膜，餘音繞梁。總有許多三姑六婆跑來跟肥婆瘦鯨搭桌吃麵，較勁，聊天。

陳姓少年的外婆再三暗示：肥婆瘦鯨在咱們社區住得夠久，人夠八，上知天文下通地理，並能鉅細靡遺地掌握方圓一哩之內，百戶人家的全部祕密。最難能可貴的是：她堅持忠於原典，絕不加油添醋。不逼她爆料，逼誰？

該從哪問起呢？當年以鐵沙掌劈斷椰樹的精武門武痴？手刃七名日軍的大俠阿虎？羊癲少年的離奇身世？玻璃工友全家發瘋的真相？每天中午猛吹狗螺的恐怖之家？阿倫的爺爺當真在頭七回魂時偷吃雞屁股？陳姓少年興奮地在日記裡預習明天的問題，潦草的字跡，一一牽出咱們社區不可告人的祕密。本該絕傳的一切，在此埋下豐滿的線索供後人考據。

其實他並不喜歡肥婆瘦鯨，當年她曾經逼他在眾目睽睽之下掏出小雞雞，用童子尿拯救剩下半口氣的羊癲少年！最後當然沒有尿成，他怕羊癲少年喝尿之後照死不誤，再變鬼回來找他算帳。這件事情在二十三年後記載在一篇叫〈急急如律令〉的散文裡。

翌日上午，心情十分複雜的陳姓少年邊打腹稿，邊走向kopi茶鋪。遠遠就聽到「咖哩雞絲河粉加兩粒魚丸三片豬皮多撒一點蔥不要太辣」，立刻快步急行，一溜煙飄到肥婆瘦鯨那桌，喊了一碗「乾撈咖哩雲吞麵加叉燒」，一屁股坐在她身邊，便開門見山問起有關的佚聞和野史。

受寵若驚的表情迅速隱去之後，肥婆瘦鯨隨即露出一臉讓人「高山仰止」的神情。

不急，先吃口麵再說。她那沾有一圈咖哩油花的嘴，從茶鋪對面的廢棄大洋房開始說起。沒有人不知道這間大房子，裡面有十幾個房間，部分出租，陳姓少年的外公外婆媽媽和舅舅們都住過，外婆曾經跟他說過一個超迷你鬼故事，只有一幕：某日傍晚六點，看見一名剛剛過世的房客站在樓梯間，跟她打招呼。如此而已。

肥婆瘦鯨的版本卻不是這樣的。話說二樓有兩戶一向不對盤的房客，每天晚飯後，兩個太太就各拿張椅子坐在房門口，以四十五角斜角對峙，決戰紫禁之巔。招式不外乎挖苦、嘲諷對方當天的生活事項，激烈之處，文不對題的粗話全派上用場；如果不幸詞窮，便閉門休戰，苦苦鍾鍊更毒更賤的暗器。每晚如此費盡心思地蒐羅、自創、研發名詞和術語，幾年下來，兩個潑婦一身粗話的修為已臻化境，大大豐富了洋房內的生活語彙，以及大夥的修辭能力。後來潑婦甲因先生外遇，又經不起潑婦乙凌厲的譏諷，人生兩大戰場皆兵敗如山，竟然上吊自盡，一死以謝天下。頭七那天，潑婦乙親眼看到潑婦甲從一樓飄了上來，坐到生前舌戰的椅子上，瞪著她，吐出七吋不爛之舌。生前的長舌不慎戰敗，死後以「延長版」捲土重來。潑婦乙的鼠膽哪經得起這麼猛的舌戰，登時昏死過去，中風不起。大家都說是報應。

滿嘴咖哩味的肥婆瘦鯨，非常肯定陳姓少年的外婆目睹的，便是那隻紅色女鬼，剛嚇倒了潑婦乙，順路跟反應遲滯的外婆問好兼道別。來去自如的女鬼不但嚇跑了所有房客，其中一個玻璃工友的妻子被嚇瘋了。壞就壞在她只瘋了三分，沒死；瘋韻猶存的玻璃嫂後來生出三個子女，一個比一個瘋。其中叫阿拳的三子最嚴重，經常欺負社區的孩童，陳姓少年曾經夥同三個死黨一起教訓他，五人在微雨中大打出手。豈料瘋子中招不覺得痛，彷彿練得一身金鐘罩，結果四人敗仗而逃，陳姓少年的腹部還中了狠狠的一記天殘腳，在家裡躺了半天。原來事情追索到最源頭，便是那隻紅衣女鬼幹的好事，大夥一直以為是玻璃工友的殯葬副業所致。

同桌吃烤土司夾蛋配kopi的肥嫂，忍不住追問瘦鯨怎麼知道？想當年，還是「兒童瘦鯨」的她，住在吊死鬼的一樓正下方，樓上明明人去房空，卻定時傳來踢倒凳子的怪聲。七七四十九天從不間斷。我大膽推斷：兒童瘦鯨的尿床記錄也從不間斷。

吃完整大碗咖哩雞絲河粉，舔舔嘴，瘦鯨好像很滿意自己又肥了一圈。陳姓少年發現周邊四桌的客人都把耳朵轉了過來，像貓，全神收聽大洋房的鬼典故。大洋房座落在茶舖正對面，跨過馬路，進入形同廢墟的院子，即踏入紅衣女鬼的百年故居。換言之，她會隨時飄過來旁順便糾正謬誤，肥婆瘦鯨卻不怕，所以大夥深信她絕不會亂講。

故事講到興起之處，話題轉向洋房左邊一百七十三步，咱們社區賴以存活的雜貨舖。早在七十年代初，老闆便發展出「宅配」的送貨服務，躍上滿載貨物的三輪車，在巷弄間飛奔而過，留下一陣陣飄忽不定的喇叭聲：「嗶啵——嗶啵——」。陳姓少年曾在某篇作文裡，將他神化成哪吒，並獲得華文老師的高度肯定；毫無文學修養的居民為了肯定老闆的效率，乾脆喚他「嗶啵」。「嗶啵的雜貨舖」、「kopi茶舖」、「超級榕樹群」並列咱們社區的三大地標。

嗶啵有個兒子就讀某間猛鬼小學，這間教會小學的校園和教堂與墓園合一，神鬼與學童並存，實在有夠詭異的設計。瘦鯨肥短且油膩的筷子，把陳姓少年和茶舖裡的每一雙眼睛，指向雜貨舖二樓：就是那一間陽台種有紅色九重葛的房間，還在鬧鬼。

還在鬧鬼！現場所有的筷子停格在空中，兩顆魚丸滑落湯裡，掀起巨大的漣漪。沒有人主動發問，靜靜地等肥婆瘦鯨道出事情的來龍去脈。前天中午，小嗶啵在上自然科學課時，到墓地捉蚱蜢，突然大哭大叫：「老師救我！救我！」接著就暈倒在墓碑之間，額頭黑了一大塊。當晚鬧得好凶，說他滿手都是血，拚命洗手拚命洗手，但沒用！還說他真的聽到有人在樓下，用幽怨且恐怖的低音喚他的名字，忽遠忽近，只要一閉目就來了。無所不在的肥婆瘦鯨當時正好去買衛生紙，親耳聽到上述情節。

更駭人的話還在後頭，她說。又兩顆魚丸滑落。

話說事發的第二天晚上，小嗶啵終於活見鬼了。好一隻完整、紅色、半透明的女鬼，就坐在一樓收銀機後面的廁所門內。孩子幾乎瘋掉的尖叫聲，再次吸引了埋伏在旁的肥婆瘦鯨，為了守候這一幕的發生，她很敬業地賴在雜貨舖裡安慰老闆娘，賴了整晚（大夥立時露出滿臉欽佩的表情）。半瘋癲狀態的小嗶啵把自己關在二樓房間，邊抖邊哭；現場目擊的家人和客戶忽然覺得室內氣溫急速下降，接著又聽到他再次暈死之前的一句話：她穿進來了！穿進來了！

肥婆瘦鯨將筷子往桌面一擱，凝視著陳姓少年屏息的眼神，說：那隻五官猙獰的女鬼，穿過一吋半的門板，進入他的睡房。老闆娘只感覺到一陣風，颳落兩臂的雞皮疙瘩。

夠了，再聽下去恐怕晚上會睡不著。倉皇撤退的陳姓少年，不敢想像再過十二個小時，入夜之後的小嗶啵將面對什麼樣的鬼魅。他也不敢追蹤後續的情節，而且失眠了好長的一段日子；外婆說他自己嚇自己，晚上睡覺竟然用一張椅子頂著房門，難道這樣鬼就穿不進來嗎？

這個沒有聽完的故事留下許多謎團，和遺憾。好像是嗶啵老闆請了一位茅山道士把鬼收了，同時將小嗶啵送到外埠養病。戛然而止的高潮固然可惜，留白之處卻不容杜撰。肥婆瘦鯨必定知道後續的發展，因為老闆娘是她的死黨。據了解，肥婆瘦鯨曾經全方位分析過這隻「紅色二號」的出身，以及她和「紅色一號」的關係，還有為何都是紅色等等。她說可惜紅色二號鬧得太凶，不然留下來也不錯，加上「狗螺之家」那隻白色的鬼伯伯，和阿倫的雞屁股爺爺，正好湊足一桌麻將。趁夜深人靜，溜到陳姓少年隔兩間的麻將館摸幾圈。如今只好等待早晚要變鬼的玻璃嫂了。

若干年後，旅居國外的陳姓少年在構想一篇瘦鯨的鬼故事，本想撥個國際電話去挖掘她滿肚子的八卦和鬼話，沒想到她竟然到麻將館「湊腳」去了。有人說咱們社區的情報局長兼頭號人物——肥婆瘦鯨，是在吃魚丸時意外鯁死，又說得了某種絕症。社區居民一致認為：自從瘦鯨局長殯天之後，所有的消息都變得較不可靠，連殯天也產生四種說法。茶餘飯後，大夥聊起肥婆瘦鯨和她精彩的鬼們，不禁感嘆，並期盼有人接下她的衣缽，將紛紛死去的故事一一講活。

歷史可以縮水，但不能變得太窄太小，連瘦鯨和鬼都塞不進去。

近來我常常數著記憶的雞毛和蒜皮發呆，不知咱們社區的袖珍地方誌累積了幾萬字？昨天我寄了封電郵給依舊停格在十八年前的陳姓少年，問他野史寫得怎樣？他用太史公的口吻回了兩句：「始於將軍，止於瘦鯨」。我忘了告訴他kopi茶舖依舊在，只是「咖哩雞絲河粉加兩粒魚丸三片豬皮多撒一點蔥不要太辣」已成為千古絕唱，鬼也少了。我想，他應該知道。

《自由時報・自由副刊》二〇〇三年六月廿二日

青色銅鏽

既然這是一個關於大俠的故事，就得從這個「俠」字說起。

俠，才九劃，卻夾帶了四個人形。四個人湊在一起能做的事太多了，最精彩的莫過於械鬥。依我看，這個「俠」字其實在記述一場生死搏鬥！在西周，或者更古早、更虛幻的殷商時期。這個字在成形之初，筆意中的殺氣是少不了的，除了橫劍在胸前的殺氣之外，說不定還附帶一些由內力蒸發出來的煙。年代湮遠的氣勢，活活寫在張臂如「大」字的人形身上，兩個慘敗的敵「人」臣服於「大」俠的劍氣底下，此刻迫切需要一個目擊的路「人」甲，負責把這場格鬥傳之後世，然後有人斗膽造了這個「俠」字。沒錯，應當如此。

但這「俠」字，不能寫在春秋亂世，我敢說——它鐵定陷入一片偉大而空洞的沼澤，裡頭的空氣常常流竄著一層薄霧，有人稱之為正義或真理的薄霧。霧很抽象，它適合用來當哲學的隱喻。陷在霧中的大俠或許會遇上低頭趕路的鉅子墨翟。

胡亂吃過午飯，氣極敗壞地趕去會晤昏君的鉅子墨翟會不會停下，一邊喘氣一邊仔細打量他的氣度，和筋骨？不過春秋並非為所欲為的自由時代，連揍人都要先捏造充分的理由，何況拔劍？而且春秋的冶劍技術不夠成熟，劍身既寬又厚，韌度不足，劍招的變化自然有限，像呆板的大篆，閉著眼睛也能夠招架，難怪墨家沒有發展出可以傳世的劍法。

我想，任何大俠皆無法適應那個時代。

要是這個俠字寫在戰國末期，免不了要當刺客，像李馮的小說《英雄》中的長空，銅矛在手天下無敵的大俠長空，每年都以他那人矛合一的高超武術，前去刺殺秦王一次。這等大場面，得配上青銅色的背景音樂，在色澤偏黑的秦宮，一支沒有銅鏽的長矛穿過眾衛士的鎧甲，穿過不及定稿的小篆，和秦王怕死的瞳孔！

最後，當然只剩下含蓄的篆書，還有一疊無法編纂成冊的想像。

但我要講的這位大俠手裡握的不是矛，也不是劍。

他善長使刀。

先秦諸俠當中，有誰使刀呢？可惜庖丁只會解牛而不會殺人的刀法，不殺人的哪能叫大俠！我的大俠殺過人，咱們偌大的村子上千戶的居民，只有他手中那把長刀殺過日本蝗軍。歷史上沒有幾個大俠有機會砍掉蝗軍的腦袋，清末的滄州大俠王五可能有這種機會，「大刀王五」乃當時天下數一數二的大俠，一襟俠氣上承甘鳳池，下啟霍元甲，虎虎運起那口三十六斤的大刀，不但連空氣都擦出火花，刀鋒過處必留下兩秒半的殘影，要用力揉眼才揉得散。

我相信，王五砍人比切菜還要輕鬆，一刀砍出七至九道傷口，連大內高手都得退避三舍。

大刀王五是最適合拿來跟他比較的俠者形象，儘管王五不會講廣東話。咱們的大俠說一口很好聽的廣東話，字正腔圓，但總是長話短說，有時語帶玄機，像古龍小說裡的高手，說一句，藏兩句。

這種人物形象常常令人想起一句成語——「深藏不露」。

在他還沒露餡之前，村子裡的鄰居大多視之為不良分子，如同所有英雄故事裡的標準壞人。這不能怪咱們村子善良的小老百姓，誰叫他在左右兩臂刺上暴戾的獸圖，左青龍，右白虎，十分嚇人！在終年如夏的馬來亞，根本沒有機會穿上長衫把牠們遮住。於是部分長舌村民開始傳說他以前的種種不良紀錄，說他在廣州當打手時誤殺巡捕才逃難至此；又說他本是黃埔出身的正規軍人，因厭倦了國共內戰才下南洋；只差點沒說他因為得罪了名列廣東十虎的黃飛鴻，才逃亡到馬來半島。

傳聞越來越離譜，越來越逼真，像鐵絲網將他重重圍了起來，只差點沒被村長在他家門口掛上「生人勿近」的告示。

這位名叫阿虎的「不良青年」漸漸被村民冷落、孤立，在村子的東南邊。一九四一年十月四日，外公帶著身懷六甲的外婆搬到這裡。整個村子就剩下阿虎隔壁的一間空房子，前任屋主在村北買了塊地，蓋了間更大的英式洋房，所以便租給外公這戶從外地來謀生的異鄉人。這間木造的房子不大，但用料結實，尤其兩扇外開的門板特厚，房東特地向外公保證：它足以擋下任何盜賊的撞擊。

這句話，盜走外公一晚的睡眠。

隔天清晨六點，就被一陣的吆喝吵醒，滿肚子怨氣的外公從客廳的窗口望出去，看到他舞著長棍在練武，那是外公第一次瞧見他的左青龍和右白虎，隨即想到那句以為只會出現在古代的成語——「聞雞起舞」。無比的專注，橫溢的殺氣，他獨自在兩戶之間的空地揮舞，棍風旋起斷草和微塵，假使能配上精準、俐落的鼓點，會更神勇更迷人。

從力道，以及攻擊的方位，外公彷彿看到與他對打的假想敵，不禁想起齊天大聖與二郎神的搏鬥，翻天覆地，至死方休，連特厚的門板也微微顫抖。神話的晨曦先從橡膠林的頂端跳到阿虎的肩胛，纏住棍身，再爬上青苔微布的矮牆……。

當晚，外公的日記裡全是虎虎生風的人影，從孫悟空慢慢變成八十萬禁軍總教頭林沖，林沖那套天下無雙的棍法會是什麼樣子？比阿虎大開大闔的棍法發出更大的破空之聲？我從外公的想像接下去想像，聯想到銅矛無敵的大俠長空，他的矛簡直就是死神的尖爪，支解所有輕輕觸及的肉體，煙滅所有不及走避的靈。

外公隨手在十月五日的留白處，用鉛筆，素描了大俠阿虎舞棍的背影：強烈的動感，湮遠的風姿，且有三筆粗線條代表棍風，捲起斷草和微塵。最令外公和我同時感到惋惜的是：馬來亞不是嗜武好鬥的廣東，沒有對手的阿虎無法成為大俠；他更沒有昏君可以行刺，英殖民地時期的馬來亞雖非盛世，但還算太平。他必須等，無數次晨曦無數次黃昏之後，一定有機會表現他那身不為人知的武術。

但我沒有太多的耐心，大步跨過五十七次聞雞起舞的小細節，直接跳到日本蝗軍登陸馬來半島的大場面。

外公日記裡的一九四一年十二月十八日，人心惶惶的下午，村口樹下圍了滿滿的村民，大夥傷透了腦筋也搞不懂——英軍的塊頭明明很大，為何像豆腐一樣不耐打！經過七嘴八舌的相互恐嚇，天地登時萎縮成這座最後的村落，大夥無處可逃的神情讓正巧路過的阿虎十分不屑。

從臉與臉的隙縫中，外公瞥見他悄悄揹著一個長形麻布包裹，不知裡面究竟裹著什麼？

雖然外公近兩個月來跟他偶有交談，但作息不同，性格也相異，始終熟不起來，話題頂多攀爬到棍法的外緣而已。筆劃很少的「大俠」跟筆劃很多的「孤獨」，根本就是拜把兄弟，不管是王五或者長空，內心的寂寞絕非我等凡夫俗子所能理解的。武俠小說常常這麼說，想來不會錯。真正了解阿虎的，只有那根虎虎的棍子。

又是隔天清晨六點，比雞還準時。

從練武的空地上傳來不同的破空之聲，彷彿有負傷的空氣在遁逃，大量暴戾的水分結集成雲，十足午後雷陣雨的前奏。

推窗兩吋，晨曦正張皇失措地撤走，外公看到阿虎手中的刀。

我卻看到外公角膜上倒影出人刀合一的大刀王五。

雲影裡的刀，完全改變了阿虎的精神狀態，他的對決者也換上大和民族的武神——宮本武藏。巨大的心理壓力令外公無法窺視，喘不過氣，所以日記對此刀著墨不多，只寫下誰都猜得到的結論：那個包裹裡的便是這柄長刀。

更巨大的壓力來自七十哩外登陸的日軍，他們一路姦淫擄掠，把幼童扔到空中，再用刺刀一一串起。兩天後，日軍已逼近咱們這座屁滾尿流的小鎮，千百戶人家，能走的都走了。走不掉的唯有封門閉戶，坐以待斃。外公一家本無財物牽掛，說走就走，臨走前想跟阿虎打個招呼，卻不在。

三年零八個月後，咱們村子召開第一次抗戰勝利的晚宴，幾個老頭子花了很大的心血才拼貼出以下的情節：

在日軍進犯前夕，也就是大夥在樹下發愁那天，阿虎到城裡買了一把馬來人用的「巴冷刀」，刃長二尺，柄八吋，老鐵匠根伯特別為阿虎打造的一把好刀。七代相傳的技術，再用上好的鋼鐵反覆錘煉，摺疊出三十二層，密度和硬度皆很驚人，尤其適合近身搏鬥，刷的一刀，就刷掉一個傷口平整的牛頭。

樹下發愁後的第三天晚上，一支五十人的日軍先遣部隊在九點抵達村口，不過烏雲比他們早到兩小時，把每條大路和每條小路全都弄濕了，好些雨還賴在屋瓦上，等著看熱鬧。尖哨乍起，日軍兵分七路進村，其中一路被阿虎就地截殺，沒留下半個活口。

眾多村民當場表示：光憑「雞犬不留」這個廉價的標題，當地報社就該雞犬不留。後來，前任村長丁叔親自供出更精確的說法：那一路共有七名蝗軍，正開始侵占他的大宅，院子裡剛好有兩個可以用來玩刺刀遊戲的幼童。一串不懷好意的日語還沒吼完，院子裡突然刀光一亮。「說時遲，那時快」，銀色的快刀急書兩個「之」字（丁叔使勁地比畫了一番），五顆賊腦袋立刻訣別了頸項，另兩道傷口從蝗軍的腹部同步「啊」的一聲大喊。阿虎早在門外埋伏多時，一刀七殺，敵人連招架的意識也來不及萌生，便埋單。

（丁叔再三強調：以上情節只能用「說時遲，那時快」來形容。）

細雨毛毛，將血大片大片地暈開，阿虎在院子裡鬆懈肌理，釋放久蓄的殺氣，如此頂天立地，站成一個「俠」字，九劃，魁梧的身軀護住兩個幼小的人形，肌肉剛剛越過賁張的極限，一股橫刀胸前的殺氣，繼續鎮住七隻蝗軍的亡靈，像白色的濃稠膠乳困住失足的蟲蟻。

這一刀，值得花七十字寫進《春秋》。

殺氣，把唯一的路人甲——丁叔——嚇退到一旁，抱起兩個孩子和妻子，頭也不回地從側門閃進巷子。他不知道後來阿虎怎麼了，滿腦子逃命的聲音，既震撼又興奮地目擊了這場生死之戰，他，他，他連自己姓甚名誰都說不清楚了。前村長丁叔好不容易鎮定下來，兩顆私塾先生教過的詩句即從眉心滲出——「十步殺一人，千里不留行」。

等蝗軍統統滾回東瀛之後，丁叔重返故居，第一個動作就是打聽阿虎是否「千里不留行」，然後便以唯一目擊者的身分，將「一刀七殺」的始末加油添醋，沸沸揚揚地流傳出去。

根據一位秀瓊小姐的考察，阿虎當晚離開村子時，曾被日軍追捕了十分鐘，在最緊要的關頭，深受感動的橡膠林挺身而出掩護阿虎，有好幾棵樹挨了子彈，但從此再也沒有人見到他的行蹤。兩天後她進一步暴料：阿虎本名可能叫王雲虎或王運虎，因為廣東話「雲」、「運」同音；咱們的大俠在隔壁小鎮的屠宰場殺豬，一手分筋解骨的精闢刀法，連老師父也甘拜下風，大夥甚至尊稱他為「刀王」。基於這手無比珍貴的情報，秀瓊小姐榮登本村情報局長的寶座，聲望直逼目擊刀決的前任村長，進而展開她一輩子的村野情報史。

外公和我都深信：如果阿虎早活一百年，活在大刀王五的時代，說不定會成為天下第二刀。

阿虎的部分事蹟有點虛實難辨，他果真也姓王嗎？不管是王雲虎或王運虎，總覺得中間多了一字，大俠之名必須精簡有力，如王五，或長空。倘若外公和前任村長的見聞，以及秀瓊局長的情報統統屬實，那我就可以替可能早已作古的阿虎寫一則衣冠塚的墓誌銘：

大俠王虎，廣東佛山人氏，生卒年不詳，爲人剛正不阿，義薄雲天，兩臂刺有左青龍右白虎，少年習武，有刀王之稱。一九四一年十二月廿一日，雨夜亥時，於村長李全丁之大宅，一刀七殺，殲滅日寇七人，且全身而退。然時局混亂，不知其蹤。

我並非第一個紀錄阿虎事蹟的人，早在六十二年前，跟阿虎年紀相當的外公，用鋼筆湛藍的墨水在日記裡寫下：「他的背影很容易讓人產生錯覺，強烈，湮遠，有幾處斑駁的青色銅鏽，慢慢在意識裡凝固起來，凝成先秦古籍中乍隱乍現的一個『俠』字。」外公和阿虎萬萬沒有想到我會在半個世紀後，根據這些短簡殘篇來還原這個老故事，還原他當年沒有細細描摹的鬼刀法，並以「青色銅鏽」為名，寫了一篇小文章。

咱們村子史上唯一的大俠，透過外公的敘述，永遠格停在一九四一年十二月，在村長李全丁的大宅庭院，一人一刀，把深夜來犯的七個日本蝗軍一舉幹掉，五顆頭顱，兩聲慘叫，前後十三秒。不斷重播的十三秒，在我腦海留下清晰的殘影，和青色的銅鏽。

《印刻文學生活誌》二〇〇三年十一月

大俠

曾經有過一個年幼無知的蠢志願：當大俠。

當大俠對小學時候的我來說，跟當神沒什麼兩樣，神通廣大，無敵於天下。這念頭的萌生全拜古龍所賜。忘了哪一年，父親帶我去看古龍小說改編的武俠電影《三少爺的劍》，三少爺謝曉風的劍法實在出神入化，不管燕十三再怎麼努力研發新招，還是打不過他。當大俠最重要是能夠無敵，誰不喜歡天下無敵的感覺呢？後來我又看了《圓月彎刀》，以及狄龍和姜大衛等人演的一倉庫武俠片，武俠電影遂成為我戒不掉的鴉片。我常在睡前幻想自己練就一手所向披靡的劍法和輕功，每晚在屋頂上飛來飛去，不只為了落實「路見不平，拔刀相助」的大俠守則，甚至以「行俠仗義」為終身職業。偶爾學姜大衛或狄龍感嘆兩句「人在江湖，身不由己」，以及「最危險的地方，就是最安全的地方」、「最好的朋友，就是最大的敵人」等大俠名言。大俠們全靠那些名言才顯得有智慧、有深度，所以一句都不能少。七〇年代的古龍武俠電影，遂成為我童年最重要的諺語詞典。

我挨到大學畢業還是沒當上大俠，只能怪自己生不逢時，非但沒練上絕世神功，連空手道都沒沾到邊，唯有望著「俠」字發呆。雖然「俠」字很容易寫，才九劃，共有四個人形；其中有一個特別魁梧的傢伙，很霸道地站成一個「大」字，把其餘三個「人」擠得半死。霸道的感覺很棒，正義如陶土，握在掌心，可隨意伸張或縮短，反正一切都是大俠說了算。光這個「俠」字，便擠得出一串真假難辨的故事。

小六那年，我的大俠幻想很偶然的被外婆指引到一個玄妙的天地。外婆是個武俠迷，每天必看《南洋商報》連載的金庸小說，連明知是偽書的《射雕英雄前傳》也不放過。某個窮極無聊的下午，我接過外婆尚在回味的報紙，才看了當天連載的片段，即被段譽的六脈神劍活活鎮住，竟然有這麼厲害的無形劍氣，比起三少爺和西門吹雪，又是另一個境界。接下去的日子，我讀到飛龍在天見龍在田，排山倒海的掌力迎面而來，連報紙也抓不穩。我終於體會出外婆閱報時，那雙專注、沉溺、溫熱的眼神。

透過報紙，我的武俠世界換上義薄雲天的金庸群俠，一字排開的名號和門派，說有多壯觀就多壯觀。唯一可以跟我分享武俠故事的夥伴，便是大表弟阿洲，他跟我的年齡最近，剛考上跆拳道黑帶，頗能打。每逢連續假日，他都會大老遠從北馬來怡保的外婆家小住幾天。咱們表兄弟二人，最愛躲在外婆房間裡打架，真打，拳拳到肉，招招扣骨，還說好打敗的不准哭。一場接一場棉絮四起的決鬥，讓外婆昏了頭，因為我們從不收拾房間，只管玩。也不記得前前後後打了多少年，後來還加入我那兩個平均小我八歲的弟弟，差不多可以上演華山論劍。由於年齡上的差距，再怎麼打，我永遠都是贏家，當時覺得這

「俠」字果真很容易寫，管他幾劃，反正是一個相對魁梧的傢伙，很霸道地站成「大」字，硬硬擠掉其餘三「人」的生存位置。可我心裡明白，這般打法永遠成不了大俠，除非來一場如假包換的實戰。

當大俠，著實不易啊。

於是我跟社區裡的三個同齡夥伴結黨為派，咱們四人第一項偉大事蹟，即是三拳六腳打跑到公園裡鬧事的兩隻馬來仔。馬來人天性愚鈍，翻爛整部歷史也找不到一號武林高手，光看他們那柄像滷豬腸一樣的馬來短劍，就知道造劍者的頭腦不靈光。沒錯，把馬來仔打得落荒而逃，連基本的狗熊也算不上。於是本社區天字第一號瘋子——「傻仔拳」——自然成為「大俠養成班」的最佳目標。都說瘋子耐打，加上他嚴重口齒不清，料想他被打腫了臉回家也告不了狀。阿拳一家五口當中有四口瘋子，如同定時炸彈埋伏在咱們社區，雖說唯一正常的父親管教得當，沒讓他們舉家出來鬧事，但瘋勁最足的阿拳實在太好動，怎拴也拴不緊，常常偷跑到公園裡玩，有時免不了會「順便」欺負一下社區的孩童。算是替天行道吧，花了半個下午我們才想到這個冠冕堂皇的理由，謝天謝地，總算師出有名。

在我多年的「準大俠」生涯中，唯一的實戰就是這場跟「傻仔拳」之戰。回想起來，場景跟《射雕英雄傳》裡的第二次華山論劍相去不遠，我們的對手亦非「常人」，乃血統純正的「歐陽瘋」。

史稱「第四次華山論劍」的那個下午，微雨，朦朧的水氣飄起來另有一番意境。

雖說我等四大高手圍攻傻仔拳一人，傳出去不光彩，但也顧不了這麼多。閉門練功多年，我總算撿到一次當大俠的機會，四大高手腦子裡演練多遍的招式傾巢而出，全中，情形跟當年洪七公擊中歐陽峰一模一樣，不痛不癢，卻有效引爆他全部的瘋勁。我心裡登時冷了一半，他的一身金鐘罩果然無敵於天下。在總招數第三十五到三十八招之間，換算成時間大概在正式開打之後的一分四十秒，我的腹部結結實實吃了一記三百六十度迴轉後踢的天殘腳，應聲而倒，其他三人見大勢已去，立即敗逃，任由義氣被細雨濺濕、浸爛。

第四次華山論劍慘敗的結果，把我天馬行空的武俠大夢打落凡塵，也許我應該踏踏實實地去精武門拜師學藝，練一套貨真價實的五行拳或洪拳。精武門離家不遠，我曾多次到精武體館參加各種晚宴，當然跟霍元甲無關。我並沒有特別喜歡霍元甲，他的故事早被電影拍濫，空有一身鐵橋硬馬的功夫，卻當不了主角，十足替陳真暖場的大龍套。況且一出場即是泰山北斗級的武林前輩，我一向對所謂的前輩不感興趣，心目中的大俠必須是後浪推前浪型的囂張分子。

大俠，不是誰都可以當的。

說到精武門，我才猛然想起身為超級武俠迷的外婆，難道不曾想過派個孩子到精武門學一手功夫？咱們家出了一代工程師，再出一代文人，數來數去就少了一個大俠。想當年，李尋歡他家「一門七進士，父子三探花」，加上他那「例不虛發」的小李飛刀，真是文武雙全，威風到不行。為什麼武痴外婆不好好栽培一個小號的霍元甲呢？隨手翻開尚處於草稿階段的家族簡史，即看到不諳水性的曾舅公不小心生出個游泳高手，從巨浪裡救出六條人命才不支殉難，大夥都說他的棺木重於泰山；開麻將館的三舅公培訓出無敵賭神，大宅的院子每年增加一部賓士汽車，致富的情節跟港劇相去不遠；四舅公用小小的客廳造就一個橄欖球職業選手，因運動傷害殉職的時候，送殯車陣塞爆太平小鎮的兩條老街。說實在，咱們親戚當中的能人異士不少，獨缺大俠。「一夫當關，萬夫莫敵」的大俠。

據我觀察，最有機會成為大俠卻平白錯過的人，就是三舅舅。

印象中有這麼一張照片：三舅舅以凌空飛踢之姿，像李小龍般躍過機車的上空，旁邊還站著目瞪口呆的仰慕女子。由此推想：挫骨分筋、碎碑裂石也不成問題。也許只有三舅舅的空手道打得過社區第一高手「歐陽瘋」。空負絕學的三舅舅在漫長的少壯時期找不到驗收成果的對象，絕對是家族史的一大遺憾。此外，我始終覺得三舅舅不善經營高手的印象，凡是看過他那坨啤酒肚的人，打死也不信他曾有踢腿飛越機車的身手，那跟飛象過河沒什麼兩樣。可誰也沒想到，三舅舅被啤酒肚磋跎掉的威風史，竟然由三舅母發揚光大。

故事聽起來有點像二〇〇三版的穆桂英，一支巾幗不讓鬚眉的長槍，即使躺著打也是天下無敵。

俺的三舅母和表妹們平時超愛看連續劇，所有喊得出名堂的港劇，無不滾瓜爛熟，對劇情的推斷與掌握，即便是編劇也自嘆不如。楊門女將的故事俺的三舅母不知看過多少個版本，絕對夠格評比每個穆桂英的演技和功夫底子之長短。不過多年看戲所得，啟發的並非武藝，而是戲如人生的各種體悟。話說有一回，還在念小學的表妹阿琪闖了大禍，按家規，難逃海扁之刑，豈料阿琪居然在三舅母跟前下跪，說了句：「娘親，請您原諒我啦！我下次不敢啦，娘親～～」表情懇切，還帶著一尾淚汪汪的顫音！俺三舅母高高舉起的倚天劍，登時被這句令人哭笑不得的仿古粵劇台詞，徹底軟化。在旁圍觀的親戚也傻了眼，果真是人生如戲。

有其女必有其母，俺三舅母最絕的奇謀，是杜絕阿琪偷買冰淇淋的慾望。

每天下午三點三十三分，那攤令人垂涎如狗的冰淇淋小販車，必定準時進犯咱們社區，公然誘拐孩子們辛苦存下的零錢。阿琪天生便是甜食的奴隸，印度人小販不必出手她已經自動投降，當然越吃越胖。俺三舅母遂想出治琪妙招，居然告訴她：以後要買冰淇淋，就大喊：「tak-mau」，印度人小販馬上會應聲而來。結果我們看到阿琪表妹對著冰淇淋車很賣力地大喊：「tak-mau! tak-mau!」喊得越急，一臉困惑的印度人走得越遠，因為聽起來像「打貓」的「tak-mau」，即是馬來文「不要」的意思。

唉，奇招即出，誰與爭鋒？

但奇招尚不足以成就一位大俠，咱們的家族史繼續苦等了十八年，等到西元二〇〇三年八月二十二日的下午三點三十三分。俺三舅母總算遇上一名貨真價實的飛賊。

根據母親的越洋報導，以及後來我的實地考察，當時的情形可濃縮成以下八百七十六字：

那天下午三舅母剛從外頭回家，比平日的作息時間提早了十七分鐘，這時間上的「誤差」讓她剛好看到二樓後房的天花板上破了兩個大洞，一個在床的上方，可能距離地面太高故賊子放棄登陸；第二個洞則鎖定衣櫃的頂端，此刻正有一截不懷好意的小腿伸了下來！

進賊了！

沒有學過空手道或鐵砂掌的弱女子三舅母，根本無法與賊子搏鬥，但別忘了她可是看了一輩子香港連續劇的超級戲精，此刻急中生智，馬上虛張聲勢大喊：「阿勝！阿勝！快點來捉賊！」不但分貝結實、飽滿，還帶著幾分到手擒來的刺激與自信。嘿！果然奏效，那條賊腿立時像蛇信一樣縮了回去，踩著驚慌的屋梁破瓦而逃。俺三舅母得勢不饒人，轉身下樓開門鎖門上車追賊，動作之俐落跟落慌而逃的賊子恰成反比，那股行雲流水的感覺至今仍回味無窮。當車子高速轉進後巷，只見遠處屋簷上沒穿夜行衣的竊賊飛身而下，一陣衣袂之聲，已穩穩站在九丈之外，人車對屹著，不動。俺三舅母正準備踩足油門撞過去，豈料在第十一丈的位置有兩名愚婦行走，萬一飛賊挾持人質，就不妙，俺三舅母總不成像連續劇裡的大俠跟賊子說什麼：「你有種就放了她們，咱們來單挑。」之類的大話。從膚色評斷，應該是印尼非法移民，只能用「tak-mau! tak-mau!」來遏止他。更要命的是：他掏出「一柄報紙」，從中抽出尺長的刀鋒，背向而行的兩名無知婦人正走到第十二丈地方。

看來他準備使出永垂不朽的「天外飛仙」。

很多字眼跳出來豐富此刻的畫面：屏息、亢奮、恐懼、報復、決戰、逃逸、饒命。

念頭在雙方腦袋裡空轉，而空轉的油門如大俠在催促內功，讓人想起非常經典的武俠場景——西門吹雪和葉孤城決戰於紫禁之巔。對決的二人再加上兩名閒婦，又是一個「俠」字！真是天意不可違啊！看來俺三舅母這個「大俠」是做定啦。在最關鍵的時刻，累積了大半輩子的連續劇經驗再次跳出來，警告她：窮寇莫追。別小看這句話，不管從先見或後見之明的角度來看，都稱得上大智慧。多虧那句「窮寇莫追」死死咬住歐斯底里的車輪，劍拔弩張十餘秒後，終於放那小賊一馬。怡保的非法移民不少，都不是什麼好東西，沒有人敢預測印尼版的葉孤城在絕境中會做出何等蠢事情，還是放了好，免得吃了幾天牢飯再回來尋仇。（以上八百七十六字，字字屬實，人證物證俱全）

所有聽過此事的親友，皆認為此乃一場形而上的「決戰紫禁之巔」。儘管俺三舅母「手中無劍」，但「心中有劍」，憑急智、戰略、膽量和劍氣壓倒了葉孤城，以及他那招未能出鞘的「天外飛仙」。不戰而屈人之兵，實乃大俠的至高境界。在某種意義上，她超越了三舅舅碎碑裂石的空手道，歐陽瘋的三百六十度迴轉後踢的天殘腳，「魏門吹雪」之名，當之無愧。

不過我還是希望魏門吹雪退賊之後，不會跟當年的我萌生一樣的蠢志願：當大俠。否則下次回怡保渡假時，便看到她成天在屋脊上飛來飛去，然後亮幾句西門吹雪在《陸小鳳傳奇・決戰前後》裡對葉孤城說過的話：「此劍乃天下利器，劍鋒三尺七吋，淨重七斤十三兩」、「利劍本為凶器，我少年練劍，至今三十年」。如此一來，立志撰述家族史的我，豈不忙死？所以我必須大聲遏止：「tak-mau! tak-mau!」

《自由時報・聯合副刊》二〇〇三年

憑空

他說那是舉校皆知的事實，假不了。

沒有人想在課堂上突然起乩，惹來大夥譏笑的言語和目光，他卻常常身不由己，身體一熱，也不知上身的是神是鬼，反正四肢和舌頭就這麼淪陷，淪陷成一則無地自容的笑話。後來實在起乩起得太頻繁，亂了班上的求學氣氛，小學校長只好請他回家休養兩個月。他居住的「崑崙喇叭」（Gunung Rapat）新村，終究不是仙人野鶴的神山崑崙，當神鬼的活木偶是一件非常不科學的醜事，超丟臉的。最慘的是左鄰右舍全是頂級大喇叭，不出三天，連隔壁村子的流浪犬也風聞此事，跑來跟崑崙的喇叭狗黨索取獨家消息。

神功果在兩個月後漸漸散去，當不成乩童只好重返學校念書，本來成績平平的小神棍，腦子突然靈光起來，什麼樣的試題都不放在眼裡，於是再次驚動校長。上自導師，下至同學，一致認為他暗地裡必有神助（只差沒說是神在幫忙作弊），可惜大夥找不出比較科學的證據，眼睜睜看著他以第一名畢業，然後到我們這所全州水準最高的名校升學。

幾年同班下來，我知道他從不說謊，況且他最清楚我一向不信起乩這回事，我曾多次表示那根本是神棍在偽造神明的言行，再貼上㊣字標籤，神的存在已經十分可疑了，祂若要指點眾生的迷津，何不親自現身以取信世人？幹嘛鬼鬼祟祟依附乩身，盡說一些來源不可考的神言鬼話？總覺得，起乩多半是騙人的鬼把戲。事隔多年，我忘了他為何要向我透露他曾起乩的事，基於友誼，我唯有半信半疑地，將它悄悄縫進在腦袋最深的褶痕裡面，不表示意見。

八年後，我母親的奇遇再次將它從褶痕中抖了出來。

母親的乩童朋友比我多，前後共三人，第二個是騙子我不想再提她的惡行，第三個是大慈善家，開了一家生意超好的廣式點心茶樓，逢年過節就自掏腰包去佈施孤兒院，後來贊助一間免費洗腎中心，並在家中收養孤苦伶仃的陌生老人。雖然好事做盡，但比較沒聽說她有過什麼樣的「神蹟」，就乩童的專業水準而言，恐怕比不上第一個叫「阿姑」的中年道姑。阿姑的天然小道觀我去過，乃石灰岩底下自然形成的一個長方形大洞，加幾隻猴子和一簾山泉，就很有《西遊記》的味道。阿姑其貌不揚，原來我對她也沒有特別的好感，但她的太上老君居然成功下凡，神奇地醫好我的暫失行動能力的腳。我勉強解釋為：一切都只是巧合。道觀人氣頗盛，逢假日，我們都會去那裡坐坐，乘涼逗魚看鳥，就當郊遊。母親這三個乩童朋友比起我那同學差多了，很顯然，唯有半途而廢的乩童才獲得上天的眷顧，變得比較會讀書，一但專業起乩，便失去登魁的天機。

這些怪力亂神的朋友，讓生活添了幾分另類的樂趣。

事件發生的那天中午，母親拎了一袋很讚的素食送去給阿姑，正巧她在為香客起乩，只好先坐在一邊等候下乩。好不容易等到最後的香客離席，尚未退神的乩身主動告訴母親說：外面有一名男子跟妳進來，還站在洞口，他有話要跟妳說。母親心裡為之一震，難道又是什麼陳年的遠親故友來救助？

結果他借乩身的口表明身分，說自己是母親未曾相認的四弟，早上才在家門口見過面。

怎麼可能！哪來什麼四弟？不過，詭異的是當天早上母親確實在外婆家，「看到」一個很像二舅舅的身影從門口閃進客廳，大約兩秒，影像清晰，全彩色。（其實這也沒什麼了不起，像這種彩色版的幽靈我也見過一次，那是剛仙去不久的祖母，用她最招牌的站姿小立在我家客廳的第八階樓梯。）本當是錯覺，母親沒再去想「它」，經此一提記憶立時倒帶，啊！確有此事！那又怎樣？不是隨隨便便來一招現身特技，就可以假攀姊弟關係。哪隻鬼不會變戲法？少唬人啦！

附上乩身的「偽四弟」跟他的大姐在壇上扯不清，在場的眾人都覺得這隻野鬼分明是來詐騙的，因為他說的一切「事實」都不符合母親數十年來的記憶。再說，這四十幾年究竟到哪去了？為何遲至今日才跑來相認？八成是餓昏窮怕，看準個冤大頭來相認騙吃！母親咄咄逼問，在他差不多啞口無言之際，突然耍出一記找外婆來對質的回馬槍。好！找就找，讓他徹底死心！免得三不五時來家裡現身嚇人。

根據我同學的分析，有些假乩童會在言談中，偷偷蒐集客戶的生平資料，然後再使詐騙財。不過這次的情況很怪，兩造的說法是完全衝突的，神棍不可能這麼笨，搞一坨屎來臭自己的壇，要知小道觀如小食攤，靠的是口碑。我不得不感到困惑，阿姑到底在幹什麼？這個玩笑未免開大了。

那天傍晚母親到外婆家向大夥轉述了「偽四弟事件」，整個客廳馬上沸騰，八嘴七舌比腳畫手，當笑話分析、推演了一番。原本百無聊賴的夜晚，因為「憑空」冒出一個不存在的四舅舅而變得熱鬧起來。奇怪的是：外婆居然答應去對質，顯然這陣子她真是吃得太撐。偏偏這場陰陽大對質安排在大家上班上學的週四下午，而且外婆說要單刀赴會，看看究竟是誰家野孩子跑來滋事。我彷彿看到遠天的雲層向客廳中央匯集，剩下一道斜斜的光柱，以六十六度角撫過外婆的側臉，很有氣氛地勾勒出她的內心世界。我不禁擔心起來，萬一那隻鬼是貨真價實，卻憑空而降的「四舅舅」，咱們一向宣稱嚴謹無缺的族譜，豈不穿個連五色石也補不上的大洞？會有萬一嗎？

情況跟當年小李飛刀決戰上官金虹差不多，大門緊閉，關起驚天地泣鬼神的絕世奇招，關起天下人的窺探，唯一的見證人——荊無命——事後很扼要地轉述了戰況，只有一句：小李飛刀，果然例不虛發。母親是那場對質唯一的見證人，她回家之後，只講了一句：他果然是你們的四舅舅。根據我後來無孔不入的旁敲側擊，加上各種跟神鬼有關的知識和想像，故事的原點應該是外婆當年不慎流產，為免大家難過而隱瞞了此事。不及半個巴掌大的四舅舅，從嬰靈慢慢長大成人，由於沒有戶籍和身分證，只好獨自流落在冥界的街頭，風風雨雨，四十幾年過去，突然想家，就回來了。

負責起乩的阿姑能夠說出連母親也不知道的內情，絕非憑空揑造或私下蒐集情報得來，否則不可能獲得外婆的「乩童品質認證」。最高興的當然是外婆和四舅舅，其次是身居大姐高位的母親；包括我在內的其餘人等，依舊抱持著高度的懷疑。阿姑的第二次神蹟，讓我想起乩童同學的經歷，難道人和神鬼之間，果真存在一道叫「乩童」的橋梁？而且鬼也會長大。這些話說出去，我一定會惹來無數譏笑的言辭和目光，並淪陷成一則怪力亂神的大型笑話。

這則千載難逢的怪事豈能如此草草完結？

一再聲稱自己絕非憑空而降的四舅舅說他流落外頭四十餘年，不但孤家寡人還一貧如洗。所以，他要房子要車子要金子，還有妻子。那就燒給他吧，反正花不了幾個錢。母親大事張羅超渡的法事，買了一卡車的冥紙和紙製的好東西，按照四舅舅的清單，一件一件燒給他。我實在很難接受燒冥紙的想法，如果這些紙做的東西燒一燒就會變真的，那些孤魂野鬼為何不附身行事，在夜裡借工人「粗心」的菸蒂把冥紙工廠燒了，一次發個夠本？我們燒了這麼多電器給鬼們，可是陰間是否備有發電廠？或者鬼們可以自己產生「陰電」？我們只燒了車殼，裡頭沒有機械零件，該如何發動使用？更弔詭的是：縮小比例的東西如何在陰間恢復應有的尺寸？關於燒冥紙，我有一千個生人無法解答的疑問。除非等我百年之後，當過鬼，才得以設法轉告陳家的後人。

縱使有一萬的疑問，也得燒。母親寧可信其有，如果紙屋紙車紙媳婦統統燒來沒用，那四舅舅為何會主動索取呢？大哉問。我沒話說了，燒吧。

隔天，母親又跑到阿姑的道觀，問四舅舅可有收到那一大卡車的大禮物？令母親感到最欣慰的是：他的語氣聽起來頗有暴發戶的味道。他說媳婦為人乖巧，很聽話，只是嘴角有點歪；不過超級大洋房的三樓牆壁穿了個洞，在陰間找鬼修繕不容易，正傷腦筋。其他一切，都很好。聽完他的連篇鬼話之後，母親猛然想起買紙紮人偶時，只剩一個，畫歪了嘴，她心想反正燒掉之後就沒差了；至於紙屋在搬下卡車時，背後勾穿了一個小洞，母親本想找透明膠帶把它貼好，後來忙啊忙，就忘了。原來那些紙東西還真的有效。

母親的說法像龍捲風摧毀了我自以為科學，自以為固若金湯的信念。我那位摺藏在腦袋深處的同學趁機響應起了一壇乩，呼神喚鬼，冥界的風雨鋪天蓋地席捲而來，無所逃逸的我看見四舅舅像一條匪夷所思隧道輕輕打開，接通了真實的人間，和虛幻的鬼界。我站在隧道的中央，不知該不替咱們的家族史補上這一筆。人鬼雜處，我筆下的散文世界，一不小心便成為今之《聊齋》。猶豫了很久，很久很久，才決定寫一篇叫〈憑空〉的散文來記述十餘年前的舊事。但我可不敢將這篇散文燒給四舅舅，怕他讀了有所不滿，在我準備就寢的深夜突然來一招憑空而降的鬼戲法，如鼠的我，會破膽！

《中國時報・人間副刊》二〇〇三年十二月

九歌文庫 1104

木部十二劃

作者	陳大為
責任編輯	莊文松
發行人	蔡文甫
出版發行	九歌出版社有限公司
	臺北市105八德路3段12巷57弄40號
	電話／02-25776564・傳真／02-25789205
	郵政劃撥／0112295-1
九歌文學網	www.chiuko.com.tw
印刷	晨捷印製股份有限公司
法律顧問	龍躍天律師・蕭雄淋律師・董安丹律師
初版	2012（民國101）年1月
定價	220元

書號	F1104
ISBN	978-957-444-807-4

（缺頁、破損或裝訂錯誤，請寄回本公司更換）

國家圖書館出版品預行編目資料

木部十二劃 / 陳大為著. – 初版.. --
臺北市：九歌, 民101.01

面； 公分. -- (九歌文庫 ; 1104)

ISBN 978-957-444-807-4(平裝)

855 100022907